我住的城市

苏宁·著

江苏人民出版社
JIANGSU PEOPLE'S PUBLISHING,LTD.

图书在版编目(CIP)数据

我住的城市/ 苏宁著. —南京：江苏人民出版社，2018.10

ISBN 978-7-214-22726-3

Ⅰ. ①我… Ⅱ. ①苏… Ⅲ. ①散文集—中国—当代 Ⅳ. ①I267

中国版本图书馆 CIP 数据核字(2018)第 242312 号

书　　名	我住的城市
著　　者	苏　宁
策划编辑	刘英鹏
责任编辑	张晓薇
出版发行	江苏人民出版社
出版社地址	南京市湖南路1号A楼，邮编：210009
出版社网址	http://www.jspph.com
照　　排	南京紫藤制版印务中心
印 刷 者	江苏凤凰通达印刷有限公司
开　　本	652毫米×960毫米 1/32
印　　张	20.75 插页2
字　　数	200千字
版　　次	2019年1月第1版 2019年1月第1次印刷
标准书号	ISBN 978-7-214-22726-3
定　　价	48.00元

自　序

这本笔记写于每晚的夜幕降临时。所以，我给它起的第一个题目是《夜幕降临时》。大多数人无数次地经过这个时间。那是一天正要过去时候，像暮年预习着来临。它停顿一下，好让一个新的一天能不那么急迫地到来。是的，不能太急迫。我明显不喜欢那样到来的事物。

我个人现实生活的具体场地是一个很小的城市，通过漫步就可以抵达城市的各个角落。这些角落上的人事分解着我的时间，也慢慢把我变成与他们同质的人。

我从很多不同角度看过它。在天空中俯瞰，在离它很远的地域。在人群聚集处，在荒芜的塞外。看到或想起它的街道与高楼时，都细微不到一夕一饭的烟火。我和很多人谈论过它。有离开它很远、很久的人，也有一生都没有走出它的城域的人。人作为生物之一种，被城市这种载体所承担。越来越理性，通过格式化教育而抵达大致统一的智慧层面，精神质量越来越趋同。作为人的弱点，比如情绪化、诗意（很多时候看来，只是神经质的同义词），正在被很多个体克服和消化。

每天夕光收起前，我习惯独在桌前坐那么一小会。有很多晚上，我用这样的仪式过黄昏。囿于城市与被无意义之事贯穿的生活，每天的这一会时间，好像是我的反抗和逃离。

我只是借故离开一会。这是我需要检讨的不在状态。虽然我一天里仍有至少23小时的时间，投身于被认可的生活。

目录所列，只是我写时的顺序。物候自然轮回中的城市与个人，在这里的，是两个四季。所以以季节交替分了书的段落。

目　录

一　应物记

二　十层秋

三　自我设限

四　一城耐冷人

五　夏日长

六　壳

七　物皆如客

八　那重复到来的

一　应物记

1　夜幕降临时

一个人不会在很年轻时期待与一座城市建立稳定关系，用一座有物质意义的房屋空间把自己盛在其中。然后不断增加各种以为有用的物质，再使这空间渐渐减小，使生命中过掉的时间大抵转化为各种物质存在。

北纬33°，东经118°～119°。城市格局空间与理念中的扩展，使我愿意精确寻求它在茫茫地球上的位置，然后才是居于其中的人，然后才是人的生活。

至于它在时间中曾经的经历，我已经不特别有兴趣。我赶上了一代人都愿意探讨未来的时刻。有很多年，我一直住在一个校园的隔壁。这是一个城市的东南方位。我每天若骑单车从这出发去“单位”——啊，这一个词，也是新词，很不容易在过去的某本典籍中找到。

“单位”是一个奇怪的词，有将一定数量物质集合为一的意思。是某些理性学科的标准。可我们这两三代人，将这个词定义为我们上班做工的地方。它是提供我们度过生命中家庭而外的时光的一个场地——至于菜场、商场之类，其他各种“场”，于我个人意义相同，差别只在于我逗留的时间各不相同。

我几乎每天穿过半个城从家里去单位。这座被我天天穿过一半的城，位于中国版图南北地理分界线上。是一座内敛而少噪音的小城。我之所有用“内敛”，是为二十年来，它还未被铺天盖地的商业化所浸染。

因为住久，我和这座城市，慢慢生出感情。除了寻常喜憎而外，所有用于描绘夫妇、情侣、父女、兄妹、仇敌之间可发生的情绪的词，也可用于我们。爱与嫌弃，分不清的瓜葛，扎下就拔除艰难的根，渐渐坚硬的肉身与日益求美、求全的精神，使肉体的内部枝蔓横生。

我一向不觉得人与生活之间关系复杂。以为人生程序相同，那各人具体实践之部分区别也就不大：出生，成长，然后自己也生儿育女，经一份伤老病痛与亲人之离合。这份天命，其实与世间万物的存在状况无别。谁都有份，没有谁可以不要，可以逃脱，可以躲避。

如果某天一个人对我说，他感受到冥冥之中被某些力量牵引，我的回答一般是这样：喔，那只是不放心我们的人，在先行离去无法再陪伴我们之后，对我们的祝福和陪伴——将他们没来得及用完的力和对生活的热心默默转给了我们。在内心，我也确信逝者对生者的牵挂虽无法预想，但从来存在。死亡是人生的避难所之一。它帮助我们安置亲人的各种苦痛，然后，他们也等我们去会合。

先走的人会先走多久？五十年？或者六十年吧，这不是太久和太难耐的时光。死亡也不会有耐心等一个人很久，一百年就已是太长时光。它是热衷招集和安顿各路客旅的主人，它是世间所有“生”者将共赴的归宿。

被文字呈现出来的生活，也许会验证文字存在的意义。我们已进入一个喜欢线条、图画与电子数字甚于文字的时代。不再衷情文字传统里的故事情结，在文字表述中呈现人际、各种纠葛、人性异端。也不再执着于在没有经历的生活里，补偿自己在进化中隐藏起、又无法割除的偷窥他人行思的欲望，自己用“色心”猜度或途听来的各种事迹——有一天，在纸上活生生看到——会让人多么心安理得啊。

生活中遇到的常相就是，人类中的大部分，至今不太会选择向这个世界或某个人打开全部心灵，并与之取得或建立联系。这也许被看作是人类某些个体终于因成长而坚硬，于人世种种有了抵抗和防范。

而我，或可因为一段文字，抵消我在各种秩序中的不适与不良情绪。

2　没有经过正式转交仪式留下来的生活

古淮河穿城而过，几年前才建的中国地理南北分界线标志园就在这河边上。是城北部，河南岸。

有很长一段时间，每天上下班，我都从那个标志园前经过。如果不赶时间，我会偶尔停下车，远远地，看那个鼓鼓地凌空而起的圆球。那是我们好好的一块大地，被仔细地划出南北的界线。

河边原本是一块草地，一开始，我还不适应这草地被一个巨大的建筑物占有。河边一直是厚厚丛林，为园林局苗圃所在。多是小树，树太多，又密，长高了也并不见人来修剪，只是有时一夜醒来，一些树便不见了，不知被移至何处。清出来的空地，隔上几天，又被栽上更小的树。一年四季，大树夹杂着小树。有如一群群的孩子在跟从于大人的脚步和队伍。

去年雨水好，这河边土又肥，海棠开得特别好，我会隔几天折一束回来插到瓶中。并不是花无人管，只是这花开得太稠，折了几枝都似未折。我来折花也是在浓密处下剪，不会欺它无人管而乱折。

各季节的风穿过来总要先经过这片密林，风一进到这密林，就被稀释和分解了。所以住在这河边的好处是可以很茂密地安静。市声、风声，都被隔到了河对岸。在忙碌的每一天之后，夜更是有格外的清亮，它把白天用出的力气一一还回，把那些不高兴的事件过滤干净。

有这样一条河和这样一片树林的城市，对应于繁华的上海和北京，它只像小镇。我是一个后来的定居者。我栖居于它的一隅，默默看着它在一年四季之中，人和物候变化的样子，人与物候之间的互相牵扯和妥协。它的声色，寂静中的轮回。人生活在其中，与同类相处，也与一些新生事物常常迎面相碰，彼此隔膜，又相关。这些是城市的褶皱部分，是背面。

在正面，也是紧张的热气腾腾的世界。有孩子们喜欢和向往的一切热闹，也有大人对待生活的大致相同的态度，大至生死仪式、嫁娶之礼，小至一蔬一菜、一锅一盏，以及一朝一暮之中，每个人如何建立生命的尊严，以及对时光的把握，让一些事物，终于化为各人对待人生的底气。

我能看到的，都只是这城市的截面。沾满喧嚣与人声。人和一个城市，一个承载人生息的场地，到底会是一种怎样的关系？存在着怎样让人无法了解的粘连和互相征服？这些，可能都是我粗糙的心灵所忽略、疏离、漠视过的部分。人与一个居住场地的关系，也许比人与人之间的关系更复杂。

人生诸种关系，夫妇、兄弟、姐妹、父子、母女，无非如许，也许还有很多衍生的旁系，若隐若现的血脉，日久生情的情谊，一见钟情的灵魂相许，这些关系，或可都被一个人与一座城的关系所含下。

如果时间的经纬，可以拆一件毛衣一样被拆开，静静拆开，我所拆出的那些个人的生活，也是线里飞散着的灰尘罢。

它不是表面那样光滑明艳，有着精美的花纹。很多部分，也许只是匆促间织就，具有强烈追赶着什么的节奏感和不安稳的局部。

这些，就是位于某一个地理方位之上，位于某一条街、某一所房子里的，一个人的切实生活。它千丝万缕地伸向身体的外部，隐现着为人所熟知的人际间的局限、人心的温度。也有能被感知得到的，每日都在变化着的外部时代与个体生命的交织。

时间在每一天中的状态，人作为万物之灵长的成熟状态，与无数无生命之物，汇聚于一个共同的聚居之所——被一个地理名词所命名、概括。很多生物，总是要先凭着一个地理位置作开始，慢慢展开自己的生命，与外界，与自然，与另外的人心发生关照和呼应。

这些年，我长居于此，除了偶尔外出。这是常年多雨的长江北岸。古淮河就在我的房子前。有很多人家，很多小孩、壮年。很多的人从这走出去，如果不再回此安居，在很多年后，他们就可以称此地为故乡——我是住在他们故乡的人。也许我过的，就是他们没有经过正式转交仪式留下来的生活。

有离开，也有到来。树木的繁密与凋落并不为此，这似乎让人直觉大地并不深情。

一些异乡人来此定居，或者定居了就再也没回过自己原来住过的地方。一块土地是否成为一个人肉身的归宿，只是一种偶然，不是一种宿命。一个人在一个地方思想过，或活过，留下生存的证据，多只是倏然一念。回过头，无数认真生活了一生的人，到老了，也不会去想他们与一块土地发生过的关系。

很多内心秩序，在不断生成时，也在衡量中不自觉地改变，被默默修订为自己能够接受的。使人心生柔情的东西，使人在成长中获得尊严、抚慰、打击的东西，是哪些？补养过人生的需求和缺陷的，是哪些？对于迁徙更加便利和寻常的现代，乡愁两个字不会再存在，它也不必需要一个具有时代感和人心温度的新名替代。“乡”不必再具体到某一片土地、家园。它也不会再向心里念它的人，传递它本初的力量，温暖、安抚、引领、提升和影响，它变得更简单，它简化为物质事物，不再是一种物质之上的精神。

3 怕　黑

我有好多年没听到青蛙叫了。青蛙的叫，发生在夜里，会觉得夜因而变好看了，被蛙背的绿点缀了，不那么沉寂，也温和了。我一直怕黑。尤其当单位或周围的邻居家有人去世的时候，我会更怕黑夜。但是只要听到青蛙叫，就像立即有了陪伴，觉得不那么害怕黑了。

我住桃花岛的时候，一个夏天都会被青蛙的叫声陪着。后来我搬开，到城中心来住，再也听不到青蛙叫了。

后来，我又搬了两三次家，但一直在城里，先在七九大院，后来到开明中学，每天从家里出去就是菜场和单位，从单位出来，就是菜场和家。好像这城市再无其他可去的场地。我也仿佛早已忘记世上还有青蛙这种动物。

在这个夏天，我再一次搬家，搬到淮阴中学新校园隔壁。忽然听到久违的青蛙叫。这是这个城市最东南的部位，在学校建起来之前，它还只是郊外。这里的人进到城里，还被城中的人呼为某某乡的人。

学校再东南，还没有开发，仍是一片麦地，再过去，是一个村庄。

我之所以说那是村庄，不是以城市地图为依据，是以房屋的高度计——只隔着这一小块麦地，这儿的建筑都是矮的，都只是平房，而且每家门口有一块菜地。淮安乡下的房子，多只有南窗，且窗户开得很小，不开北窗。厨房在正房左手，是为耳房。和北方的四合院有区别。这儿的房子都还没统一成城市里的房屋格式。

能在自己住的小区门口听到青蛙叫，我是有些新奇的，也让我充满疑虑。因为这么多年了，我从没再听到过它们。它们来自哪里，野生的，还是哪个人捉来寄养在此？淮安人有吃青蛙肉的习惯。为了吃青蛙肉而养几只青蛙的人也是有的。

这是一个新建小区，才动工，第一批的楼才盖出来，第二批第三批正在建。淮安城的地价，除了城中心核心商业区，就是几所学校的周边区了。学校迁到哪儿，哪儿的地就贵起来。这是新城扩大前总要规划一个学校搬到新城去的原因之一。这也是原本无人问津的一块地，一个建了一半就似已被废弃的街道，但因为这城里最好学校的动迁而来，一下子变得兴旺。

小区中心的这个大水塘，原本只是个略大的水池，而这水池也不是天然的，是因取土而挖开的一个半废弃的土坑，由没人管束的雨水充积而成。所蓄之水，既非从河中引来，也不是人工蓄意采集，全是雨水。水枯了没人来蓄，水积满了，也无人更换，是死水。

小区初建，居民寥寥，虽是郊区，但比邻闹市，只因为一个学校搬过来，边上才有了一些人的气息。所以这样的水塘，那么多青蛙，哪天哪夜从哪里游来，不得知道。

刚搬过去住的几天，晚上若回去迟了些，那青蛙便已经开始叫了，我忽然觉得自己非常没意思，为什么对听到青蛙叫这样的事满怀好奇？是我已经觉得在这座城市中，永远不会听到青蛙叫了吗？还是，我于自然，已有了无限疏离。一群青蛙的存在或不存在，与我具体的生活有什么关系。它们在，我这样过着，早起暮眠，一天三餐。它们不在，难道我会过得不一样吗？有它没它，我会过得不好一点或好一点吗？

有一天，我在进小区的路上难得地见到物业，问，这青蛙有了几年了，往年没这个大水塘也听得到青蛙叫吗？同样的话，我还问过门口修理自行车的，问了学校新来的门卫，还有比我住进来早一些的邻居，以前就有这么多青蛙吗，明年填了水塘盖楼那青蛙怎么办？这个水塘，在第二期的规划中，要用建筑垃圾填平，在这水塘——前面说过，其实只是一个大土坑的位置盖上一栋楼。

青蛙们知不知道这个水塘马上要取消了？它们从一只只小小蝌蚪长成有小尾巴的小青蛙，再长到足够大，长到自己也可以生小蝌蚪，在这里不挑不拣地住下来，它们所喜欢的草地与河岸，这里好像是没有一点符合。难道它们也在成长蜕变过程中，一点点放弃了原有的、对居住环境的尺度和底线要求了？是不是有点像进化中一路反抗、困惑，不停地学会改变、妥协和放弃的人类了？

小区的院子里常会有一些小孩子。在距池塘不到十米的地方，是小区中修建的专供小孩玩的一块草地，虽然草还没种上，但颜色鲜艳的卡通跷跷板、小滑梯、小摇椅、小双杠都安装好了。晚饭后，很多小男孩都在那儿玩。可他们中居然好像没有一个听到青蛙叫。虽然我早已不是可以去捉青蛙的年纪，可在我内心，总觉得这些孩子，要和青蛙互相认识一下。

一天晚上，学校上晚自习的钟刚打过，我抓住一个正在疯跑着的小男孩说：听到了青蛙叫没？像什么在叫？

小家伙似乎被我怂恿得动了心，也歪头听了一下。只一下就开始使劲扭动着他的头，一心想挣开抓紧他的手臂：什么叫，什么叫，我不知道。然后哈哈大笑着跑掉。跑到远处回过头嘻嘻地看着我笑。

夏天马上就过去了，这个离有田地的郊外不远的小区，与城里也只咫尺之隔。小区每天每夜不停工地建着新楼，蛙声，也是一夜一夜，不休不眠地响。于自然界的沧海变迁，青蛙应是比我们敏感的，过了夏天，它们去到哪里，在哪里冬眠，它们必有自己的知觉和安排。到了明年，这个一遭破败气的水塘就是一栋价值千万的楼房了。

4　一月不落地还下去

没有纱窗的五楼，蚊子一跳就跳上来了，哪里用得着扇翅膀飞上来。现在，我写这些字的这个时间，青蛙已经开始叫了。很多年听不到它们叫了，我这栋楼外是个大水塘，我以为城里的青蛙早迁出城外了。

青蛙还好，可蚊子，我从来没喜欢过它们。来了第二天我就撑起了蚊帐。好多年不用了，找出来清水洗了还好用。没有被扔掉，多半是我会过日子的缘故。小孩子那么嫩的肉，禁不起它们啃。小孩子的肉自然比大人的肉香，蚊子有比较时，也是会挑食的。

这些理由加起来，开始讨厌下雨。雨一来，家里的香气——肉香、菜香、米香、茶香、面粉的香，就更吸引蚊虫了。我开始计划装纱窗。这日子，要是没纱窗，真是过不下去了。

因为陪读，这里环境不好也要忍耐。下午去看我正在装修的另一个房子。这些年，周围每一个都在前仆后继、不折不挠地买房子，更换房子。比我们大的，比我们小的，过得好一点的，过得不怎么好的，没看穿什么好的，吃什么好的，你要问他有几个房子，都有两三个。这种情况的出现不是因为我们过得怎么好了，是这城市这些年除了房子，已似几无其他所出。

走在路上，是卖房子的红布标语；打开各类报纸、电视，是卖房子的广告；在银行、商店，四处所遇，都是让你要去买一个房子的氛围。

住得好好的只是旧一些的楼，不用自己想搬，拆迁公司就过来了。把楼盖得更高，面积也就更大，然后各种引诱来让人买。为了促销这些房子，银行也加入进来，承诺只要先交百分之二十的房款就可以买房。一年年，积存下一些钱，以为存进银行会稳妥，过日子总要有些金钱储备才心安，可是，现金利息连年下降，并且渐有贬值。剥夺了人们对自己资金最后的一点安全感。

在这种情况下，再不会过日子，也总要学着和别人用一样手法去过日子——我们家也加入置房大军。我也跟在天天对房产进行钻研的同事后面置办了两三个。可过日子，和左一个右一个房子是什么关系？在我，也是一时清醒一时糊涂的问题。我跟着我的同事看了房子，买了房子，被房地产商手把手教会贷款。

有那么一阵，贷款终于不好贷了。这城市也忽然有了安静的让人喘息的一会。终于不必再被各路地产宣传所诱惑了。生了很多小孩的女人，终于知道生得容易，抚育艰难，收手不生了。

回想自己这一路，一直于住房没有特别奢求，除了希望有集中的冬天供暖。只是一路被一种气氛感染而买，它对真实的生活实无那么多品质提升作用，那因为购房而办的贷款，都是贷到很多年之后，要慢慢还，一月不落地还下去。人生一世太多华美时光，不会白白过掉，总要有这些诸如还贷之类的大事，让你不停歇地活下去的。

曾经那么小的一个城，因为房子多了而越变越大，一眼望去，都是房子，越来越高，越盖越远。楼群之间几无空地，原来有的空地可以种种草、种种花的，不是盖上了房子，就是变成了被房屋管理者用以出租收费的汽车泊位。

以前这个城，我骑单车，一两小时，就是绕了大半个城了。现在，我骑单车，骑了半天，也还没有骑到城的边上。茫然就这么没缘没故来了，有时一想到这就很糊涂：这么多房子，都住着谁呢？就这么多人在生活的一个小城，每人都住成什么样子了？虽然有很多房贷，可看起来，都是欢欢喜喜的。

洒洒扫扫，就是一个女人一天的光景，可是，我这两年，自从也开始计划更换房子后，再也没做什么具体的事，只是一有空，就在房子工地上一头灰一手灰地照料装修。小时候，长辈教导小孩要知惜物，惜纸惜米惜物，但从不是教"聚物"，对生不带来、死不带去的，都不用执着。以此标准计，房子百分之百是生不带来死不带去的事物之一。

早上，明明听到天气报告说今天一天有雨，可因为是周六，实在不能闲着，要找点事做才好。所以我又去了装修现场，雨"哗哗"地下起来，下得地上起了青烟。

正好为着休息天，也有空穿得美一些的原因，居然穿了一条很薄的裙子。下雨了，太阳不在了，冷得一点不似夏天已来时候的温度，冻得冰冷。后来跑到车上，以为会找到一件衣服，结果根本没有。又没带雨伞，为了找另一件衣服，连本来的一条裙子也淋透了。

5　衣食之外

十几年前，这个城市有了公交车——在此之前，半城人是不知道有公交车这一事物的。先是有了一班，名为“1 路”公交，从淮海路南开到淮海路北，就在这一条直路上，不拐一个弯。后来有了“2 路”“3 路”，再后来增加到 15 路。

公交车的好，在于上了车谁也不认识，不用分心讲话，一个人东张西望一会也就到目的地了。有时打辆车，还要和师傅说话。我不愿和生人说话。

公交的不好处在于人多。一开始有公交时，都不是空调车，夏天热，人粘在一起，鼻子里全是汗水味。冬天冷，坐在公交里，车窗四处透风，与站在户外无别。还要留等车时间——不像后来那样有频繁的车次。空调车也是有了公交几年后才有的，还不是每一路公交都有，而且为着市民的经济考虑，分两种，没有空调的和有空调的。有空调的两块钱车费，没有空调的一块钱车费。但算起来，公交汽车我并不偏爱，很少坐。我最喜欢的一直是骑单车的自在，我一起买两辆自行车，轮换用。后来又买了一辆汽车，更不爱坐公交车了。

前几天，不知楼下哪家小孩调皮，放学校这面的一辆单车，好好的，被扎了两三个洞。下班早，请淮中门口修车的爷爷等等我，回去把它推过来修。

修车的这位爷爷——我先前还以为叫错了，一问，老人家七十九快八十了，眼睛却还那么好。他三下两下就帮我把两个洞全找到了，又“哗哗啦啦”帮我打好了气。我最不喜欢给车打气了，每次都推来打。修过车付账，一共五块钱。

我坐那不走。说，为什么还修车，儿子呢？我想知道儿子是否有白生。可是，这位修车的爷爷，很认真，他说他是因为自己的太太也七十多了，一直没工作，看人家老夫妇都是两份工资养老，觉得真是对不住子女。然后，一商量，出来修车的。从六十岁开始，修了快二十年了，就在学校门口。每天早七点出摊，晚六点收工，从不迟到、早退和旷工。之前在淮中门口修，淮中搬到新校区，他也一并跟着搬来。

车修好了，我试骑了一圈，觉得车修得太好了。一二十分钟解决的问题，被我拖了几天。

车修好，回家翻备忘录，发现今天被交代过而没做的事尚有如下：女儿交代买的面包还没去买。每次买面包，都让我没有信心。现在的面包店里，面包有很多种，每一个都有名字，我实在记不住它们，总张冠李戴。而且今天若是让买这个，那意思就是今天想吃这个，若错了呢，错了的肯定是今天这个日子，这个不好吃。

每个面包都是只有被交代哪天要那一个时，才是好吃的。这是小

朋友都知道的逻辑。在我们家里，小主人有一个忠实的小女仆，东喊东到，西喊西到，天天洗衣服洗菜洗米。但据他们说，我做得也并不好，但人总须要继续在实践中成长，所以才把这些差事，交给我用于学习。这个岗位，其实是不容易胜任的。但多年做下来，当杂事成了每天开始和结束的仪式，不做事，就好像这一天没过好似的——再不坚强的女仆，慢慢都会成为铁打的人。

晚上，真正的秋风来了。所谓真正的秋风，就是吹到谁那里谁都感觉到凉的风。区别于夏天晚上的风，也区别于三月春天要到来时的风。

当然，由于我家的人们，生性迟钝，穿衣戴帽，全不会因为一场风两场风。直到看了街上行人穿戴，才个个回想起自己要把夏天的衣服脱下来。那些伤时累物的心情，也和我家的人们，主要是我无关。因为我们，个个看到秋天来了都是很高兴的样子，尤其小小姑娘，回来还会问，要不要添新衣裳。看到小女仆拿出的又是她去年前年的衣服，总是很不镇定：一件衣服要穿几年才坏啊？

竹席收起来了，昨天晚上还铺得好好的，晚上一看没了，都跑来问，席子呢？

被问的人叹口气：谁，肯定是空气。空气把它们搬走了。空气流动中是产生能量的，不知这些人当年有没有被物理老师这样教过。

有时问另一个问题：那件衣服，放在那的，谁动的，不见了。

此小女仆非那一心收费的、一心以女仆为业的彼小女仆，只是当个兼职实习。而且一贯低调，不想张扬这个业余买卖，邀一个把衣服折得工工整整的功。

由于天天干不完的活等着，总是来不及腾出时间爱钱，爱美，爱声名。这些事在我处的情况是，一般状况下，都是业余爱好，我的正业是那一堆堆洗理的杂事，是我自动喜欢它们，不是被迫。

所以答：可能它们自己，总待在一个地方混，混得闷了，换换地方。衣服也是有灵性的，想透透气，所以一样的衣服，穿在不同的人身上，是不同的样子。总被一个人穿，衣服也是闷的。

话说我做工的人家，主人公当年很疑似《聊斋志异》里的主人，那主人总是觉得，人不在家，也自会有壁画上的仙女自动变成真人下来把饭煮好，把衣服洗好理齐，把菜做得活色生香。若食材不足，还会源源不断递上银子把菜场里他爱吃的菜悉数买来。另外，还有一个特别条款——只有被这位男主人公经手做过的事，才是真正能够被证明存在过的、须要人来亲手做的事，其余的事，好像人生没有其余的事。如果有，怎么能历数千小时数十年之光阴而没听说和见过呢？

衣食之外，本也无要事。秋天了，不用天天洗衣服了，本来在夏天每晚有一段时间是专用于洗衣服的。爱极了上天，给天下诸小女仆以四季的轮回轮休。这四季被安排得极受欢迎。任何一种教义都会认为奉献和牺牲是人生恒久的主题，所以，一个女人，连一点提水的力量都爱惜，自己也不会喜欢自己。能被安排季节的人所疼爱，这一生，也没什么想不开的了。

6　烧饼形状

有三个下午，一直在樱花路口的咖啡馆里坐到黄昏，想把心境调整到一个状态。月初定了份小小计划给自己，这一个月下来还好，每天都有完成。只是完成了就完成，不会再过多给自己加条件。有两三次，把第二天的计划提前做掉。我以为，我会在第二天去做第三天的，那可是会多赶出时间的。可惜，每次，我都是在第二天对自己进行了奖励：一次是去逛了几条街；一次睡了一天觉；还有一次，什么也不干，这摸摸，那碰碰，愉快十足没心没肺过掉一天。

春天时买的一件衣服，买时怎么看都好看，回来，却觉得没那么好。因为没有退掉也没送人，又拿出来，居然看看又顺眼了，穿上新衣服，觉得新衣服还是太少。而穿旧衣服时，又觉得，这旧衣服好像穿着也很好。

在开发区机场路菜场遇到一个用火炉打烧饼的。糖和擦酥的两种都有，都是我喜欢的口味。一块钱一只。前几天想到，又绕了半个城去，只为了买两只烧饼：一只糖的，一只擦酥的。糖的是圆的，擦酥是长方形的。我记忆里的这两种口味，一直是分用这两种形状。我问打烧饼的少年为什么这样？他说糖放在圆的面饼里会甜得更匀，而擦酥就适合长方形。

这一次我一个人在家，我只买了一只。我又问了一个问题：每天一共做多少只。他说每锅里烤五十只，每晚做七到八锅。那个炉子里全是炭火，学把手敢伸到火里贴烧饼，他就跟着师傅学了两年。两年学徒，没有工资，但负责他吃住。

这一周，早晚明显有了秋凉。开始恢复黄昏前出去骑一会车的日程。梧桐叶的绿深沉下去，夏天的太阳带走了它生命中的水分。路面是温的，半个城绕下来，头发都是湿的。

7　提一只箱子，装走所有

街上给步行或骑单车的行人留出的路，越来越少，楼群更加稠密。这是城市发展对空间的掠夺，也可能是我年纪增长，变得对一切缺乏宽容。

很多不想装在心里的事，有时会期待向心外的空间放，或者说，心里的空间放不下时，还是会依赖地理空间的。曾一心觉得这些街道就是可以盛放的空间，是能使“心”变大、延伸开的地方。很多事，也确是经不起去街上散两个长步的。

终于成为不依赖物质会把生活过糟的人。比如我不可以没有单车，没有汽车，不可以没有电脑，没有空调，没有手机，没有很多自动化的东西；我也不能没有汽油，没有电，没有网络，没有穿上让自己舒服愉快的衣服——没有它们，是会少了很多活着的生趣的。

喜欢逛菜场，那是时间以“天”计的仪式的开始。不是厨技有多么好，是我喜欢去看那些从土里长出的食材。它们使我获得生的安全感。然后，它们让我知道季节，它们每一季准时的到场和离开，让我觉得我也不可以辜负自己，要喜气洋洋地旺盛地活下去。在菜场里，看到那么多认真选购食材的人，我都会觉得每一个新一天的庄严：食物源源输递于人的力量。怎么可以辜负这份自然的深心与情意？

偶尔会开着车在这城中四处闲逛，虽然已经被约束得不可以看到挑着担子卖花的停一下，不可以看到某个小巷子里的烧饼烤出来下去买一个。可我喜欢看到它们存在，只要它们在。它们是一个成人眼中世事安然的重要部分。

虽然，会受困于很多随同这物质的存在而制出的律令、规范，违停就是其一。这世界被分切得如此精确细致，生而即被规范，有时是无趣地。又不是真的不会走路，要必须依凭于一部交通法规、各种纪律，按照它们指引，同这世界相处，然后完成自己。

感受到各种与生有关的困境与艰难，内心被种种撞碎，再修补。补好了，自己绷住，不愿伤口被人看见。走在街上，每天都似一个好好的仍旧完整的人。

年年收拾几次书橱。昨晚理完，橱中的书再次减少。少到，有一天，我提一只箱子，就可以装走它们。可以带它们任意走去哪里，我要它们是我可以负载的重量。

喜欢的、真正用到心里的物质算起来，并不会太多。物质的堆积增加着生命的衰老，它沾染、分去我们的活力、生气、精神，终会蛀空我们。

享受好用之物，享受看到好书时，自己心里的欢喜和服气——哪怕这文字来自久远之前，来自遥远地域之外，也会觉得写的人就在这书中端严正坐，会想端一杯好茶过去，与他默坐一会。想一揖到地。兴致起，我想我也可能仰了头开口告诉，我的懂：“君之此书，有我读过，君当无憾。”隔世的知音，他们碰到我也是不易。

不太衷情那些用上一生也用不坏的物质，一世世传下去。生命没有传奇，肉体化为尘屑时，与物的消失无别。不是妒物，是心疼这些物在我而后，若不被爱惜和善待，是辜负它对我的陪伴的。好物皆有择主之心，若它不喜欢易主，它的独自终老，将让我不释怀。

有时，会觉得很多事不值一做。去为之付出心神，也集中不起心念。时间总是被一堆杂事切割，心不静时总很多。工作、杂务，洗衣服、扫桌子上的灰尘。黄昏一到，总会坐一会，一天过去，道别的仪式。

会找出一本手边翻到的书，一行一段抄一会，这是我以为管用的安顿一下自己的方式。去年起头抄《汉魏六朝诗选》，抄时觉得只是薄薄册页，不知不觉间，抄了一年才抄完。日子不管过得多么杂乱无章，总要做一两件可以把它连接下去的事。

8　超市和杂货店

比之于超市，我更喜欢菜市场。但家中相当于三分之二的人对超市的肯定甚于菜场，自然要运用少数服从多数的原则。超市也是这几年才有的事物，以前我们管那样的建筑叫商店。超市出现之前，有大的百货商店，也有街口的杂货店。

我不喜欢超市，其一是觉得那电梯麻烦，即使基本上搞懂了每种货物处于什么位置，也要千折百转，过一个楼梯，再过一个，拐一个弯，再拐一个，从选好物品到收银台的路总是转转折折，一路物品的罗列。如果去一次超市只是为了少量几样物品，真让人觉得耗心神，费时间。再加找泊位。所以，每次去超市前都要长长地列清单，临时看到的，觉得要用的和可以用的，要一并搬走才觉得值。不喜欢超市之二，明明一样的东西，在小朋友看来，在超市一摆就变得好看。所以，我还是承认美于商业是有启发的。以此类推及我，如果把我打扮一下，换在另外一个完全没油烟的场地，我也是好看很多的。

现在一个超市，就把日常所需全部集合，好像一生一世要用到的物品都被它列齐楚了。想到的，想不到的，它都替我们陈列出来了。它与之前商场之区别，是它的门，进口出口总不在一个楼层，进去了，只有一条路似的，不管你买不买，都要把它有的东西看一遍，然后才能付款到出口。生活中简单的，之前只是顺手就可以完成的采买事务变得极为耗时。它比之于菜场，只是收工时间晚，有明亮灯光，貌似不会占用一个人好好的白天。

我喜欢生活在可控时间下能够有秩序，每天，都能有那么一会，让我一个人静静地坐那儿。每天晚上的六点半到九点半是小姑娘的晚自习时间，有时她还会在教室继续多留一小时，这都是我的单独时光。我一个人，哪儿也不去，哪儿也不回，静静地坐着，有时就席地坐在校门外路边的空地上。

我有两个自己，一个是别人看到的那个，她要生机盎然地生活、工作，也会苦恼，有时面无表情。而另一个，就是此时，我自己看到的这个。街上所见，都只是我的部分。

9　独自圆，独自高悬

微如谷物，都有一年之熟。今日秋分，此夜之后，昼夜均而寒暑平。这是被等来的秋天——所有谷物收天地日月之气而熟。而人，也许十年、二十年才可修炼到。

下了一天的毛毛细雨，真像春天来时最开始的那场雨。在雨中，一切都在成长，都是新鲜的，像生之初。午后沿河岸骑单车，觉得那雨是若有若无的，衣服、头发，都被一场雨所湿润，变得又柔软了。前天夜里，到河边来看月亮，年年看这么一次。

看它时，早已无须言语。多年来，它独自圆，独自高悬。

独自缺，独自悲伤。可这部分也许只是，看它的人兀自猜想。它只是它，独在苍茫宇宙，不需任何陪同。

不独你在的一段时间里，万里清辉泻下，它并不屑于与它而外的其他人、其他事、其他物，有任何相亲。

这尘世中的一切，我们原也都可以不去爱，不去相亲。

如果，我也曾说，我喜欢……那么，我确实要解释，说喜欢时，可能也是我的情绪。但这情绪中是没掺进了理智和精神，还有物质的。没有掺进而空说，可以视为我作为一个人的轻浮。小些时，趴在商店的柜台上看到的小发夹，没买也就没买了，再看已是另一轮年纪。中学时偷偷藏在书包最里层一直都没看完的书，后来也就再没看。很多喜欢过的事物，都在时间中变了——花在开，也在谢，我喜欢的那朵，也有它的一生。

去年的衣服不好看了，苹果过了夏天再也不甜。山岳、河流、房屋、器物，都不是我的。不会跟随我一生的，不会跟着我行走的，不会和我在一起的，都不是我的，是我必要将之留下的。

生之所须，无非衣食。我和一切保持距离，也避免发生执着，我因为脆弱而更容易被损耗。我内心没有源源不竭的对远方投奔的力量。远方于我，只是一个可以具体到斤两、小时的存在，是一步一步独立行走中实在的担负。

10　蚯蚓疼不疼

一天没有太阳。天色也因此是灰而暗的。忽然间一条街一个世界都因为没照到阳光而显得安静。仿佛光线的存在就是生机、变幻、暖和、希望。玻璃窗上，地板上，树叶子上，衣服上都找不到它的踪迹。

它来过的，就在昨天。它存在过，所以，它是生命里不会消失的事物，还会再来和我们相见。秋天，从这个国庆假时就已经认真地开始了。

“咩咩，虾手疼。”

“咩手也疼。”

“哎，有没有责任心，这么对待祖国未来小花。”

军训中几个自动成为一组的小女生，自命组名为“午餐家族”。所以每个人都免掉了从前的名字，自各为自各重启新名：丸子、汤圆、螃蟹、大虾、包子。午餐还应有米饭、馒头和粥，可能这几样不被喜欢。在我这一直自称“祖国未来小花”的这位名字为：“大虾”。

为自己重起一个小朋友们在一起时互相喊的名字，是女儿这一代从小学时一直在玩的游戏。放暑假时，也还曾自命其名为“小壁虎”。壁虎不怕蚊子，而且汉语发音的壁虎读起来，在她，像水滴的声音。是会吓走蚊子的。她让我在家里有蚊子时皆要喊她为：壁虎。

从吃蚊子的壁虎到她自己喜欢吃的大虾，这是今年夏天到秋天期间的她。

国庆假，虾虾被带去钓鱼。看某人正穿蚯蚓在鱼钩上，趴过去问人：你们这样蚯蚓疼不疼啊？

人答：它是蚯蚓，它是专门喂鱼的，不用管它疼。

喂，好没同情心啊，残害动物。然后回头，看树下坐着的人：咩咩，你说蚯蚓疼不疼。

咩咩在对付和养育这朵小花的过程中早已自修成哲学家。深知说蚯蚓疼的是今年的小孩，等到明年，这个小孩，就会忘了问过蚯蚓还疼不疼的问题了。对没有固定答案和问了也会忘的问题，可以分几次慢慢答，先回答：它又不是铁的。

11 温室作物

昨天去了一个温室，去看种植在里面的各种植物，所谓现代农业示范基地。里面有终年恒定的气温，23℃左右。那些长在其中的花卉都肥嘟嘟的，很多果实还被赋予了特定的美丽形状：五角星型的瓜，月亮一般的瓜……我自知略懂农事，但却不理解农艺里放进了现代科技生产力和审美艺术的部分。这些植物长在那儿，仿佛只是被看。

温室不是陌生事物。其兴盛虽然只是在这三四十年。但听说始皇时期即已有之。植物生长须要适宜的温度，所以冬天冰封的大地会停止生育。

无论季节，只要温度足够，有光照和水分补给，种的东西都会长出来，甚至会长得更多，更饱满。这是人类的发现和实践。从之前只是有简易防寒功能的塑料棚户，到今天的钢筋水泥框架，有各种电子仪器调控的温室，人类一直走在不屈不挠地向自然争取生长场地和机会的路上。

所谓反季节菜蔬，就是如此条件下的产物。而且，这种反季节、人为制造和模拟生长所需环境的做法正渐渐被推广，成为于人类有价值的科研成就的一部分。

我一直地以为，一切农作物，都是要吸天地之气而长，自然的阳光、雨水、霜露，经冬立春，这样才是生命真正的历程。

所有植物，只是天地所生，被天地赋予形影、样貌、气息、味道。只有让它们经历真正的大地，一个完整的四季，经历轮回，才是人类作为稍微智慧一些的生物对另一类生命物质的尊重。

这样做，不是在帮助另一种物类进化得更好，只是在利用它们比我们进化慢。那些种在温室里的植物，都很美，一天看下来，心里只是深深地疼。新科技和新生产力没有给我带来喜悦，只是带来复杂的说不清的心绪。

那每一种温室产品，在我看来，都像是被谁家粗心妈妈丢弃于此的小孩，摸着它们，心是疼的。真想一个一个把它们抱走，抱到外面有阳光、有肥厚的自然泥土的空地上去，让它们晒晒阳光，淋淋雨，经历一次霜冻，哪怕结不到那么肥的果子，长不到那么绿，我也不会觉得它不好。

我们所见的改造自然，已不是止于解决协调它的缺陷，还在人为修改它的规律。这是在强迫自然了。让它缩短生长期，让它多产，并让它随处可以生产。

不知什么时候，我们变得不会按时吃饭了，忘记了病从口入的教诲。生存的自然环境不断变化，人自身对疾病的抵制力越来越弱。四处是超市，是反季节蔬菜，是加工程序复杂的现成食品。之前的农业落后，不懂加进科技使其增产增收只是原因之一。我的记忆里，之前的人们于耕种有更多自主，更爱惜土地，不会是今天这样。在城市化进程的裹携中，统一范示的指导不断强加进来。

土地是一辈辈要传下去的，传给自己子孙的。也许某一年不是风调雨顺，但不会每一年都如此。纵观历史，自然带来的灾害都不是长久的、不可弥消的。一年收成不好，害的只是一年。而来自于人的对同类的伤害，有时是一辈子的。

过去的一些老村子里，为什么有些老人是神灵一样的存在？是他们和土地相处了一辈子，将自己也扎进了土里，从而有神质了。他们对过去将来无所不知，那是土地对他们一生精心侍理的回赠。

小时候，我祖母洗头发是用自做的一种酸菜水，然后清水冲，一周洗一次都干净。这水用过了是可以倒进菜园的。

后来我家开始出现那种商店里的洗发水，用这种洗发水洗头发，洗完的水是不被允许倒进菜园的，要倒到不长东西的地方如石板路上。用洗衣粉、肥皂洗过衣服的水也是不可倒到长了花、草、菜、树的地方的，土是不能被这些伤的，受了伤它就没力气让我们种下的种子长出来并长好。

我们家先前洗碗洗油腻的菜碟，也不是用洗洁精，是用麦麸或玉米面粉，先用面粉将菜碟里的油擦掉，然后用清水冲洗。而那些擦过碗碟的麦麸或玉米面粉可以当浇地的肥水浇进地里，也可以给家中的小猪或小鸡们当饲料吃。这些都曾是我们的生活习惯。

那时，没有农药的概念。菜上长了虫子，都是各人家自己一棵菜一棵菜一垄一垄去捉虫。没有喷药的做法。有时，在下午或上午，从一些人家菜田里一过，看到的常是这些给菜捉虫的场面。

那时还会在爱生虫的菜地里种几棵辣椒、蒜、葱、西红柿等不易生虫的菜。那些土豆、花生之类每一家都种很多，这种很多的理由之一不止为这些好储存，也是因为它们不易生虫——给菜捉虫的工作又耗时又累人，是弯了腰、蹲了身一个菜叶一个菜叶拔动才算捉得仔细的。

或者晚上，在这些菜旁边拢起火堆，让能自己飞的虫子飞出来，那草多是艾草，烟长长地、厚厚地升起来，也会熏晕一大部分。第二天再捉就省事一些了。那时也会在地头放一些药，什么药我不知，只是铺在一张纸上，可能是用药的气息来杀虫。但这药是不会直接往菜上喷洒的。虽然那时我只是五岁六岁，但这之中放进的惜物之情，我已体会到。

自然生长期下的瓜果，会出现“上霜”现象。一只西瓜上了霜，就是长甜了。一只倭瓜上了霜，就是长成了，可以摘下吃了。

李子也会上霜，桃子会裂口，有雨水补充水分，有阳光来照，有风吹，西红柿是自己红的，芸豆是自己饱满起来的。这样的瓜果菜蔬吃了，才是人世的正味。

现在的很多温室作物，没有充足的生长期，也不会等它自然成熟，如西红柿的红是涂上去的。这样涂的结果是，它是红了，可里面不会红透。里面是硬的。自然熟起来的果子，是里外都熟透的状态，是从里向外熟的，是软和的。被催促中出现的“熟”没有这样的状态，只是为经济效益：这一批早早摘下，只是为让下一批更快结出来，很多在温室中的作物都是这样的节奏和命运。

这其中过程是否安全，会不会渗入任何有害介质，我想这是科研的良心。唯有基于良心与道德的科研才是人类真正想要的。

印象中的二三十年前，任何一种作物，粮食如水稻、玉米、小麦、黄豆、绿豆、芝麻等等，蔬菜如芸豆、黄瓜、茄子、土豆种种，花木中各种花的籽或根，果树中所有适合插种嫁接的树条，它们的第一批果或籽，它们中好的枝桠，都是可以留作种子的。种下去，都可以长好，从不会是今年种下的菜明年再种就去买种子，买新苗。这二三十年，确实发生了很多变化，这些变化中有进步，也有尚待考证处。

我们小时，条件所限，吃的只是当季蔬菜米面等普通食物，不会经过特别的加工程序，进行复杂的烧烤制作。

于餐食，家里长辈会教导晚餐要少吃、早早吃，吃容易消化的。而早餐也要吃得当时。而平时被鼓励多吃有壳或有皮的食物，如花生、豆类、马铃薯、笋、蘑菇类。蘑菇类是与人类进化远的，人若多吃了与自己进化太接近的，会不好。佛家主张之不杀生，只是拐了很多弯来讲这个科技道理。不易生虫子的菜，如葱蒜辣椒之类，虫子都怕，自然是强大的，也易多求。这些简单的餐食之仪，被越来越追求食物的丰富、花样、新奇和口感的我们背弃了。

而自然法则之一就是，所有的背弃都将付出代价。

今天穿了一件带里衬的风衣，围了围巾还是凉的，看街上仍有女孩子腿上只敷了层薄薄的丝袜，想来是我已到了怕冷年纪。

12　第一批出租车

淮海路到了晚一些时候，人力三轮车不限行，警察也下班了，看到三轮车，我有时会坐一程。不赶时间，我一般不太喜欢去坐出租车。城里的出租车太旧了，这不是时日累积起的旧。是淮安的第一批出租车，买时就不是新车，是旧得不像样子的二手车。

淮安的出租车出现时间较迟，2000 年过后才开始有。又是慢慢地进入。很多车买来时就已经很旧，因为不是自己用，舍不得买新车，政策又允许上旧车。很多师傅也舍不得洗车钱，几乎常年不清洗。小城偏僻，外地人不多。没有新客，每天坐车的都是自己人，师傅们越发的不见外，有时连里面的车椅垫也是能不洗就不洗。

我嫌弃这种旧，更不喜欢它的不清洁。小城中人多有欺生，我不会说方言又不太认路，刚开始有出租车时，车上还无计价器这种事物。这使得我常被欺绕路。我不喜欢坐一次车，我若不做出拔剑仗弩的样子就要吵一次架的行程；也更不喜每坐一程车，就被爱讲没用话的师傅问东问西。

原本居于城市中心地带的动物园，是我回新淮中住处的必经路。因为扩城规划，它被搬到了城北桃花岛一带。园子本来路边上种满了梧桐树。随着园子搬走，仿佛悄言无觉地，那么些高大的梧桐也都一并不见了。去年还见过剩在拐弯处的几棵，今年再看也没有了。不知是枯了老了，还是被移栽别处。抑或树也知孤单，自往我所不知的时空中去了。那些树，年年月月地在那沉默，人生中更长久的事物，它曾比我知道。动物园向徐家湖路，这一段路以前我走过的时候是没路灯的。这一年，忽然有了路灯，亮如白昼。这一段路，是三轮车禁行路线中被漏下的。

住在新淮阴中学的时候，我回家的路线一般是从附小向淮海路再转解放路，不走动物园。这是一个画过半城的大直角，从清河区最中心处过到清浦区最中心处。这也是我骑单车时比较爱选的路线。因为这一条淮海路，是淮安城最繁华的一条路，人流、车流、物流及灯火，日夜不息。很多辅路亦可走。而去新淮中的公交车，则走另一条路，从展览中心向万达广场那面。

我自己，因为喜欢骑一辆单车往返，有时总会奇奇怪怪地去绕路。绕到哪儿了，就停一停。如果是步行，走到一半，也会招呼车坐一程，因为步行到家时间长，途中不停也要走一个小时。若有事情，往往会走一半，再打一程计程车。我总是半闭着眼睛站在路边拦车，半闭着眼睛一是可能风大，二也有许愿的意思——我希望打到一台新一些的出租车。打到新些的车，心情会凭空好起来。而且新车师傅，也多半会是才开不久，不太会因精力有余和我多讲话。一天过下来，到了晚上，最想的事，就是一言不发地独处一会儿。这也是我喜欢独自骑辆单车往返的缘由。我特别享受黄昏将来前的这段在路上的、家与单位之间的这四五十分钟的时间。

所经淮海南路这一段，所过之处因其是繁华的商业街区，路边全是店铺，吵得很，一家家都用很大声的音乐招呼行人进去。也有站在门口大声召唤人、宣传自己货物的。这样窄的路，被这么多车、人挤满了。尤其这些年，又添了电动车这一新事物，这种电动车比才消失的摩托车小，比自行车略大，也在自行车道和人行道上走，风驰电掣。我没有这种车的使用经历。这些年，私人汽车添置渐多，我也买了一辆。车是现代感的存在，它使人感觉淮安城更大了。

城内的交通工具，多半是这些。去另外的城，则要靠公交车之外的公共交通，如在陆路运客的汽车班车、火车。天上的航线，是出租车盛起十年之后开起来的。刚有的飞机场，太小，有私人机场的感觉。

13　有了火车站

火车站才建了不到十年，以前这城里是不通铁路的。十五年之前，这城里只有汽车，往外去，只有通过汽车。坐火车，要去徐州或南京。铁路的建成，使淮安城忽然变得通达起来。因为火车，总是这个城市民众生活里唯一能触摸到的、在家门口去连接远方的事物。是这一座小城与外界有了看得见的实质介质联系的证据。

在家门前，就能搭上一列火车，让火车“轰隆隆”地把自己带向远方，曾是这个城市里很多孩子的梦想。我也喜欢不出城就有火车站的感觉。喜欢自己静静坐在前行的列车上，看一座座我所经过的城市，那种大地尽现苍茫的感觉：那些在大地上的建筑，河的堤，静寂的乡村，正在生长或正在被收割的田野。喜欢在夜行的车上看大地如何在夜色中沉睡，而我被一列火车带着，趴在车窗前无言地望向沉睡的万物。

有时去一个地方，并不是全为喜欢的终点站，而是行程中间那段。也不一定会天天出门远行，但家门口有一个火车站时，心里会踏实。

觉得一个城，即或草率地进来，也有快速抽身而走的便利，是进得来也出得去的，这更让人确证每一个能承载人的空间，都只是一些仅有地理意义的存在，是对一个人暂且的收留。

这个时代里，因为种种制度设置，和物质根基不够，一个人是没有时间、心力去一个生活工作之地而外的地方长留的。大多数人赖以生活的，物质之需而外，只是一颗没有被消磨尽的耐心，忍耐那些须担负的、谈不上喜欢与不喜欢的事务，忍耐它们终于变成一个人分不去的一部分生命。

在这种情况下，最好一直努力目不斜视地生活，只看向那些明亮、温暖、健康、积极之所在。无论所在位置，自身之肉体，离它们有多远。它们或将因一份凝视而向人靠近。一些生的困惑、焦虑，在谁那都一样，无论一个人在哪儿，成为谁，或不成为谁，一个想好好活着的人，都会诚恳珍重地面对着每一天的日子，每一个遇到的人，需要由她来做的每一件事情。一个人在哪里，做什么，都是一样的一天，一样的生活。僵硬在固定的位置上。

淮安城有了自己的火车站后，第一列火车是通往北京的。然后陆续开通了西行线路。往兰州的火车开通后，我去了一次兰州，从兰州开始向西，进了新疆。之前一年，火车虽通了，但路线只有北京和省内两三个比邻城市。往兰州用的是新火车，特别的清洁。到火车上，就睡着了，天黑时醒了，正是潼关地界，把脸贴到车窗上，看夜色沉沉中的大地。从兰州换车再向西，坐的则是旧的绿皮火车，一路看到黄河，看到了古诗中无数次遇到的阳关。在那样的情境下，折回头，才真切觉得这小城，终于有了一只向外伸的臂膀，它在把我们向远一些的地方带。而我们，也终于有了松动一下自己生活的理由了：像一棵种在固定泥土上的植物，被松了土，可以有动一动的可能了。

火车的速度让人舒服，只是时间慢些。这些年四处修高速铁路。它的出现带来速度，也减了对车窗外风景品味的耐心。减速玻璃下看到的车外风光有失真之感。淮安也在筹建高速铁路。我第一次坐这种速度超三百公里每小时的车是从北京去上海同济大学参加活动。路过南京站停留五分钟。在动车上看南京，有另一个样子。站台边，所有的城市都被模糊了特质，使我认不出来。

以三百公里每小时时速计，淮安离南京仅二百公里路程，离北京只是九百公里。这样一换算，确实让人心如清水浸透的棉花一样蓬松湿润——因为一列列快速列车的存在，使我觉得那几百公里都不算遥远，一条连接淮安与其他城市的动车轨道，早晚会修好，骑一匹马或骑一辆自行车以及坐绿皮火车的时代这么快就过去了。

14　通过一场雨进入秋天

终于通过一场雨进入秋天了。我所界定的进入秋天，只不过因为过了一个夏天，突然的一天，一夜小雨过来，我翻出了一件长的外衣，那一层委委婉婉过来的清寒，一件衬衫已经不够了。

这样的时候，万物中必有百千之物，期待着一场足够让自己在一些事件中得以缓和沉思的将息。或者，用一场冗长的雨夜中的睡眠将自己清理。秋天，是在这样的时候到了。

我春天种的一棵桂花树，没有在这个炎热的夏天活下来。它当时太大了，已经是三五岁的样子，这样的年纪，就是一个小孩抱来，也不容易养得贴心了，何况，一棵树，生生被移到我家的园子里。一棵树都养不活——这很让我难过和不释怀。

这一棵曾经有着饱满生命和跳动脉搏的桂花树就那样，因为一场自私的移植而消失了。所以，我一直希望养到幼树，从小一点时候，一点点灌溉。不再养人家已经养大的。但这一棵，被人送来时，实在太大了，知道恋从前的主了。

淮安城里，临秋亦是可种树的季节。这几天，又在院中种了四棵树：白果、柿子、棕榈、槐树。

淮上老人庭中养树，多是为看花，其次是为能结果。我们庭院太小，很多喜欢的树不能一一种来，比如我喜欢樱桃，想种一棵樱桃树，可因为种了这几棵，就种不下了。选这几棵树，只是遵了民间风仪：愿住此处后，百事衷怀。虽然从西大街又住到淮阴中学，但并没将那处小房子当长居之所。在古淮河绿化带边上，我又重买了一栋房子。它院子很小，如果往郊区，同样的钱可以买到更好的有大院落的房子。可我，不喜欢住处太远离城中心，采买和交通上都不便利。而且，我怕黑，我总是觉得越往郊外天会越黑。

终于是一处很喜欢的房子。开门可以看到门前的一块泥土，抬起头，看到头顶有天空——纵使有一天，我什么都没有了，只要还有一间房子，还有这块泥土和天空，我一定会觉得人生仍是踏实的，可以有安定和无所怨的一生。所有的苦累也受得值了。

昨天夜里，没看天气预报，开车过去给这四棵新来的树浇水。它们对我还有点生疏，因为我最近也没有过来，所以也仿佛还不认得我，叶子拘谨地皱着。我的手轻轻拍过每一棵树，像要告诉它们，从此，我将成为最长久地陪伴它们的人，希望它们认得我，记得我的手拍在它们身体上的感觉，好好在这里长大，我也会好好照顾和珍惜它们。以后，它们将是我的亲人，我的树兄、树姊。希望很多年过去，它们长得很大了，我很老了，我们都还能彼此健康愉快地每天相见。在这庭院中，喝一杯茶时，我坐在它们中间，它们用树荫枝叶笼罩着我。

一切事物都会有显而易见的成长，也许，多年过去，我仍是停在原地的一个，迷茫的一个。不知怎么样在时间里可以与一切愉快相处，正确地对待每一样自己遇到的事情。但是，因为与这些植物的共处，我得以回到放下心中一些杂事和重物的状态。

15　秋深更衣记

最能感知季节交替的不是会生枝长叶的树木，是衣箱里一件一件的衣服。这些年，一直搬来搬去地住，一直跟着我的只有几样东西，几本书，一些简单的生活必备品，然后就是衣服。衣服一直不多。收了春季的，拿出夏季的，收了夏季的，取出秋天的，冬天的棉衣也只是几件。每次出去旅行都像搬一次家，总是带上很多，怕天气变，怕来不及洗，实际每次这个担心都多余，但每次都这样。每次换季收取衣物，清洗好，觉得它那样陪我过了一季，连收也收不好，对它是辜负。

春秋所穿衣服薄厚无别，秋天待穿的衣服，多是春天才穿过。默默经过了一季的不被穿着的衣服，像花朵蔫掉、树木失却水分，要在水里过一遍，让它重回饱满洁净。衣服也是有灵性感知的，穿在每个人身上，它都有不同的样子，这不是由它相同的式样、纹理、品质所能左右和决定的。它喜欢爱惜它的人，它穿在谁身上，它就是谁血肉的一部分。被赋予穿着者的气息。

生为女人，一步步经过生活中各种俗务——至今想，成就肉身生命的总宜是俗物，才能容易担下，容易体谅，有一天，也容易将其扬弃，而不至于让其恣意深入自己精神而拔不出。我也总会愿自己将生命一天天过得更生动、丰沛与美好，而不是把它过得枯萎和衰落。没有这样的勇气，怎配有一个百年，得与天地间让我们心生喜欢之一切同游。

旧友偶逢，说一个人，还是很多年以前样貌。我也如是被说过，知是客礼之言，还是一笑收下。“多年”，总是一个代表和藏匿无数转折和沟坎的词，如一切还如昨日，我亦也收下，好与不好，担得下与担不下，是我的，我都不回避。即如遇到的一些事，一些人，亦不必太念及遥远的初见如何，只愿一天一天走过，每一天有些进步就好。不要今天有特别好，今天能如昨天即好。就像很多个昨天之前的一件衣服，一天天穿下来，过了很多昨天，仍能穿得正好，直到它旧，它的经丝纬线为时间所损耗。而作为一个女子，她的容颜，也不必如多年以前，她只需在每一个清早醒来，端坐镜前，不至于自己感到比昨天衰老许多就好。那些述说中能让一个人、一件事物瞬间老迈、悲伤的境遇，如果没有错过，就收下。

几年前的旧衣，很多还在，我留着它们，只为每年都取出来穿一穿。穿几天。每年穿过，洗净，烫好，折叠平整。去年的衣服还能穿，这是欢喜之事。一直惜物，也是因为每一件，都曾是因为喜欢而买来，是自己的记忆，是自己身体的一个时代。而每年重看，喜欢的心都不会有减。我是一直于潮流少追逐心的一个。快二十年的旗袍，我也还收着，在我自己看，还是新的。

每年我都穿一穿的这几件旧衣服，有旗袍，有衬衫，有长裤。穿它们，只是想看一看一年过来，自己身体的状态。只有把身体放到自己的衣服里，才会特别感知它的变化。因为这些衣服，最会记得我旧年的状态。

我喜欢的事物里，有好看衣服，有运动和每天两次的沐浴，喜欢它们给身体带来的舒适感。喜欢穿好看的衣服，那是我要感谢身体给我们的支撑，因为它的支撑，才使生命有了根基与依赖。

我每年采买的衣服不多，一直是那几个样式，色调品质都单调，四季如一，很少更换。喜欢的书也不多，一直是那几十本，跟来跟去。翻来覆去被放在枕边的，也一直是那几本，看过很多遍，仍觉得很多静夜和长途的旅行唯它们能够陪我。

很多书，也会买，但看过一遍，知道这样一本后，便不再执着，随它在各处停留或消失。所以至今无书柜和大衣柜，无能浩荡地储存它们之地之所。

晚上，骑单车，纱裙外加了长外衣。暮秋天气，骑车绕城半周，回来正是天要黑的时候，风里仍有柳树和梧桐的清新气息，三月过了才隐隐发青的枝条，如今已经过了盛夏绿色最浓时，颜色和缓下来，向淡金淡黄色过渡了。

偶尔还是会去逛街，因为至今不会网购。也很惭愧于不会开电视调台。话说生活中有一种总是能让共同生活的人感到没趣的人，那其中就有我。我有时也想，那我省下的这些逛街、网购、看电视的时间，我在干什么——我什么也没干。有时去街上走，一走又是一会，而我，真的只是在走。有时，我既没呆坐，也没去街上，也没干活，也没生病，可我的一天也好好过去了。以至我常常不知，我的时间都是怎么用掉的。

花的、红的、烈的、好看的事物，我都喜欢过。干活，我也勉强而努力地喜欢过。生命一场，就是来这世上挑选一些如心意的事物的，不是来打架和控诉的。可也没有每一天，都想过得像在拔节、灌浆。我只想一言不发地待一会，活下来，最好也能活得不少一根头发，不少一根脑筋。

那些混乱、喧闹，睡一觉，总会忘掉。多去想它，是对自己的浪费和不珍重。每天，当我看到太阳出来，照亮天空和大地，看到雨水落下，万物生长和衰老，看到一切，都有欣欣喜喜的一天，谦卑的感觉也会生上心头。一个人于天地是如此卑微、渺小，所以，苦累不值一说。能被锋利地割疼人的东西割开的，也能长好。

二十层秋

1　于生活无用的建筑

晚上步行下班。走过淮海广场，广场的大屏幕在放电影，我站了一会，终究看得无头无尾，也就继续慢慢往前走。小的时候，我看了很多那个时代能看到的电影。后来，成年后的这十几年光阴中，我竟只是在去年补看了一部《金刚狼前传》。在此之前，淮安城里只有一座电影院，还常常是被各种会议活动占用。而且太过空大，类似于大礼堂。和小时的某些影院相似。我不喜欢那样的场地。而且，这些年一直忙于工作与家中杂事，我也没有时间能够静心看一场超过一小时半的电影。我每天的时间，从早上五点半到晚上入睡，几乎都被小时分节计算。我要带一个上学的宝宝，要去单位上工，淮安城里也还不太流行家务事请家政帮助料理，我也没有足够的经费，而且，我也不是特别适应窄小的生活空间里有一个不是亲人参与其中的感觉。虽然我很多事都不太会做，做不足够好。

对一座城市，影院确实是无关紧要的存在。这一座城，以淮海广场为中心，有四条大路与外界相连，汽车站早已有之，后来修了铁路，在20世纪初终于通了火车，然后又有了支线机场。

这城里有幼稚园、小学、中学、大学。有医院、宾馆、部队。也有市政府各办事机构，有法院、银行、菜场、殡仪馆。有供采办一切生活所需的大商场，有书店，有报社、电台、电视台。有这些机构之下再衍生的机构。

这城中的人相应也被分作几部分。比如其中一部分人，就在这些机构中做工，为另一部分人服务，或者是管理另一部分人。而另一部分人为纳税人，须要提交税收，供养所有机构的运转。这个城市制造得近于完美，除了大块可以种植、饲养牲畜，提供生命基础所需养料、条件的空地，好像一无所缺。

而我，成年以来，即陷入日常生活。几乎忘了影院这一事物。楼房在这十年之内，一栋栋盖起来，虽然人口数字未见有特别增多。这使街上的行人，一望之下，也许判断不出是怎样的人品性情职业，唯一可以肯定的，百分之九十是一个可以在银行里查到名姓的，有房贷的人。进入商业时代的特征之一，就是每个人通过房子或者生活中的其他一件物质与资本发生了联系，使其在这世上多了一条被牢牢链住的物质绳索。

因为房子多了，这一座城里十年之内有了五六个大型电影院。“电影院”这个词，是三种事物的组合：电，影，院。每个字都积了丰厚内涵。看电影比之看电视，完全是不同的环境。年轻的人会面，朋友的相聚，一个人想单独待会，都是需要场地的，这就是一种场地。

一个城市看似于物质无用的建筑越多，也许越符合它的原初构架。有了影院，也让这城中人们，偶尔有了不一样的去处。

影院建起三四年后，我才在一个小朋友没有课的周日下午去过。我们家是女小朋友，很多年前，淮安城的楼房在家里实现洗澡只有夏天，其他季节都很困难。我们每周有一个小半天或晚上要留下，带了小朋友和一应洗浴物品浩浩荡荡到公共浴室去。人那么多，又远，洗一次澡都像去参加一场运动会。

第一次去影院里看到的电影，就是前面说的这部《金钢狼前传》。有些恐怖气氛的电影，会催眠术的女主人公有一双美丽忧伤的大眼睛，至今都那么大的停在记忆中。影片中有很多没智商的场景和台词。有一天，她俯在金刚狼胸前，给金刚狼讲月亮的故事：月亮为什么会忧伤，因为它深深爱上了一个人。我不喜欢恐怖虚无的故事。去看它之前，并不知是一部什么片子。实际上城里有了影院之后，我有过很多电影票，都因为工作或杂事拖着没去。那也是我平生第一次看恐怖片。

看电影归来，在电邮中给远在爱荷华的朋友讲这个电影。较之于影片内容，更让我关注的是影院设施，它的地毯、天棚、座椅、隔音设计，和幕布。

十几年来，生活中的电器，我只限于会用微波炉、空调、电饭锅、洗衣机和电熨斗。电视机的频道我至今不会调，我自己没有开过一次电视机，一是我不特别喜欢看电视，二是小朋友中学之前我家还没有有线网络，没有这个，有电视机也是看不到各台的节目的。

电视机是我有了家很多年之后才有的一件物品。从前那种普通电视机，多是进口品牌，要用天线摇动来对台、调台。因为小朋友上学，没时间看，它基本在闲置状态。还有一台影碟机，我也基本没动过，给它擦过灰尘，但它怎么开关，我完全不知。这些影像、声音，对我诱惑不大。我一个人在家，有一只灯陪已觉足够。

这些年住的地方一直跟着小朋友上学的学校搬来搬去，也不太需要很多杂陈。找一间离学校近的房子，方便小朋友上学，已经有足够的好。米粮充足，有一张舒服的床，一张书桌，一些锅炉碗盏，已经十分好。上工时一并送小朋友去学校，下工时一并收自己的小朋友回家，时间变得够用，这都添足了人生的吉相和美满。

有一段时间，集中读了几本佛经。看到佛对众生苦恶的细致分担。看到观音、普贤、文殊、地藏各得供奉。生为何来，死为何往。今日佛，昨日佛，未来佛，佛究竟在何处，它的千百亿之化身，是否每日皆在周遭。年纪渐大，越来越知也许淡然不问的状态最好。天下的经义，有大体相同的脉络，人所能做，总是有限。佛若无所不知，它必在生活种种中给人以启示、护佑。它若视人生一切苦痛皆为缘劫，向它述说只是在复习已经过的惘然。

虚幻如一场电影故事，看时心里森森是凉意，但看过了，也就出来了。

这些年，我一直不爱看恐怖影片，对电影有着天然的理解缺失。在我自己有了更多一些可以自己安排的时间后，我看了一堆电影，各种类型片或概念片。《金刚狼前传》之后，我也跟去看了它的后传。小朋友又大了一些，我开始请家政帮我料理杂事，我的心，随着生活中忙碌之事的减少渐渐放平，开始重新理解一些事物。那些虚构的本不足以让我感受畏惧的电影，慢慢被我翻出来。它只是穿梭于生活、时代事物与虚拟世界之间的一种媒介。

2 屏蔽力

以地理和世俗位置确定出的生活意义，在我看来，只是表象，它和内心未必切近。每一个暗自期许过自己的存在能于人类社会有意义的人，他也未必是能看到世俗标准的可疑的。

虽然社会制度的设计趋向于尊重所有劳动。每一个人生而为人，投身到成年生活，即是投身于无数尺度。

美国人罗伯特·布莱，在人生盛年辞掉耶鲁大学教职，去他喜欢的地方定居。这是20世纪中期的事。从第三者对其生活的描述里，我看到他的生活里有让我向往过的程序：白天劳动，兼而去附近山坡和树林里散步，晚上读书，写一点文字。

我们却在远离这样的生活，向往更大的城市，向往建造出更大的城市。诗意与精神趣味早从生活的中心沉落。安然地过着普通生活的人，跟不上芸芸向前的脚步。蜂拥向前的人流扬起灰尘，像草地没有分出路，就被当头踏过。

一个时时想去主动接近自然的人——此处所谓之自然，就是我们汉语单词里的大自然。既为大自然，必亦有相对的小自然。我们所赴，如果精力只有一份，那所赴必是这个大的自然。罗伯特·布莱大意有一句话，过让自己的皮肤能保持一定湿度的日子。对这一句话，我的理解是，是让皮肤有机会与自然的雨水霜露有直接接触，这样，内心也更易有温柔。热爱劳动，肯流汗水，这都是让命脉柔软下来的事物。生命由滴水而生，其终了亦必是化为一滴水而归于泥土。

生而为人，处理不好自己与世俗生活的关系，包括生活的方式和状态，是很难让自己不疲惫的。单纯、淡然、悲悯，这样的人，内心才容易有自己的核，这个核里，才会生成硕大恒常的个人空间。这个空间的存在，使我们有原则可以妥善处理自己。我不赞同人最终归隐于田园就安好。大城市中的巨大人群同样是收留肉身的家园。

一个人在哪儿，生活成什么样子，外部世界替我们决定了太多。消费主义时代的到来和科技的发展，个人的“个体时间”和“个人生活”被无限抢夺、侵入。我需要有一个屏蔽的力量，给自己屏蔽出空间。内心想保有的、坚持的，应是任何外力都无法摇撼的。这个屏蔽力，不一定要对谁说出。也不需要说出，但我知道我将拥有。慢慢过下来，它就会成为我的一种习惯。

3　从小火炉到煤气灶

天气特别好的一天，一点看不出还有两天就是寒露。一街又黄又暖的秋阳。阶前梧桐树开始落叶了，桂花也开过了，一个秋天又不约自来，连门也不曾扣一扣，它的样子，不是旅人之抵临，只是回家了一样自然。

去年这时候，特别想有一只小火炉，放在我那河边的房子里。我的想法是，以后就用一个小火炉过冬天：火生起来，一屋子木炭或煤饼带来的暖，而不是电，不是石油煤气，暖和暖到人身上也是有不同的。然后取酒出来，半杯冰葡萄酒，虽然这城里不太会下雪，一冬都是阴寒。十几年前，这座城里，很多人用这样的炉子过冬天。

炉膛里烧着煤，烧着碎木块，那炉中的火，有物质的气息。这座城，终于自己也觉得像一座城的标识之一，就是很多人搬离了平房，丢弃了那种旧火炉取暖、烧水和炖汤炒菜。很多人家有了煤气灶。这是被一城的人最先广泛认可、应用起的新生事物之一。它带来便捷，带来清洁。虽然电和煤气，让人用得终是有隔膜之感。

我说的这样一只炉子，在曾经的淮阴市上，到处有卖。从几块钱一只可以手里四处提着走的，到几百块一只的大的。然而，只是转个身，这些炉子就都不见了，代之以各种品牌的煤气灶具。一样东西这么快地在一个人眼前看着说没就没，三两年就成为旧年代人的器物。我也眼见着，这一城人的生活，因为科技的参与和推进，更趋于文明和进步。每一次对于生活中须要技术含量支持的器具的更新，从发生之时到全面覆盖，都是无可抵挡之势。

中午风凉，拿了几天前开剩的一点葡萄酒，倒了小半杯，看酽酽的红沉着。一杯酒到一钵葡萄曾有过遥远到没法穿越的距离。露花新摘，罗衣未熏，一杯酒，一仰头也就喝了。喝这一杯酒，只是为觉得有点秋寒。

以前，偶然遇过一个唱歌的女子，后来她成为释姓法师。对我，她终于成为谁，并无区别。只是，当我，一个人慢慢喝这一小杯酒的时候，不知怎么想起她，她早也一并戒了酒罢。打开她唱的《莲池赞》，我开始午休。她的声音真好听，像是上天更加要把它无边无际的秋来前的宁静放到我这里。

怎样的一天，才是安然无念的一天，一周，一月，一年到一生。

几年前去五台山，途遇另一女师父，我和她并肩在五台的石阶上一起听过晚钟。她讲她出家的经历，幼时即爱佛法，然后一念想清出家，只似一梦。她说她每一次想到弘一师，都是他重回杭州那年。他在某一年某一天暮色将起时，写下“知交半零落”之句。当时这些字句，前后文一看，他还是满满的一颗尘心。这一句，他似乎还念着想说给一个具体的谁，说给一个终会被了断的曾经。然后，他那么忽然地，就放下了所有。给了他一念放下的力量与缘由的，那个顿悟，大约也不需要缘起与缘初。

虔下心在每一个刹那里过着的，不必把攒来的力气全用于隔三隔五地就去与苍凉对视几眼。

我起身向下走时，她说她要再坐一会。

4　魔法师

我经常犯错误的证据是，经常受到来自某同学的教育。我每办一件迷糊事或所做之事不达标之后就要接受教育。我表现的态度也不够虚心，我会叉着腰在某同学面前一站，不讲话。这不免让施行教育的人生气。身为作案者本人，我会努力不生气，以免影响第二天工作。因为犯了大错会睡不着，犯了小错会看到好吃的也不想吃，这未免要影响到健康。好在我照样活了下来。

我常想，对于一个贴着屡教屡犯标签的人，有时，要是一下子变得特别好，岂不是让人觉得我特别有接受被教育的空间，不是我什么一教就会而是教导我的人教育有方——那么笨的一个，居然也可以被教育好。所以，做事总出漏洞的那个不好的自己，我虽然痛恨她，但还是怀着敬意，犯了错不哭不闹，过一会就能比较愉快地忘记，真的是，长了若干年也仍没长好长全心肺。一个对日常事务粗心的人，也偶然敏感的人——当她在跌跌撞撞中学会生活，又恰逢一个对生活中洗理烧煮诸事都有严谨规格要求的环境。真是四处磕碰，又无退路。比如带小朋友，总也不能带得够好，但总是努力地带，累时也想不带，只是从不知道谁能来替，或能将这小朋友退给谁去代管。

十月小阳春，是九张机里小织女眼中最柔和的天气。下午去高堰，离淮阴城三十里的乡下，一个人在那养了十几匹马，我们一起去看那些从内蒙草原上买来在此定居的马。

我已经第三次去了。昨天遇到的一匹马据说是所有马中脾气最好的，可惜忘了，也是压根没想到的忘，带些吃的给它。这一次，是它带我在十月天气里，在一大片黄豆地边上走着，它那样慢悠悠，好像一点不像我这样遇上什么都急的样子。我经过了前面两次恐惧，居然也可以不害怕骑马了。而且在马背上，还可以拿出手机，看看信息，拍拍照。这是一匹好看的枣红马，很新的鞍，可惜很粗的缰绳束着，如果它是自由的就好了，它把我带走——再不用去单位，也不用回家煮饭。不是怕煮，只是我一直煮得不好，十几年如一日。我自己都想辞退自己了，太对不起家人对我如此差的技艺的长久忍耐，据说要是换一个人家，早把我退回去了。但如果真的走，也不能太轻易，我要回去放一把火，把一座城里所有让人不喜欢的东西帮后来的人烧掉。然后，我也许还是被捉回来……继续煮饭，继续去单位干活，一切都是白想。都是幼稚。一点不像我这个一直自以为有着十分理性、一天有八小时在办公区域认认真真审看和专研各种报表的人的想法。

在田野里，下了马，剥了一捧黄豆，放在口袋里。然后，继续骑马闲逛。不一会，遇上另一个小天才，另一个跟妈妈来骑马的小女孩。她只有六岁，可她已经被她妈妈带着骑过很多次马了。

下了马，我把这小姑娘抓过来，陪我一起散步。

“告诉阿姨，其实……”我弯下腰，对她说：“我是一个神仙阿姨，你看过什么神话或者是《哈里·波特》吗？”

“看过……”很认真的样子，好像真的从没见过我。

“那你见过真正的魔法师阿姨吗？”

想了再想，终于摇头：没见过。

“那不要告诉任何人你见过我，”自称“神仙阿姨”的人立即从口袋里摸到一粒黄豆，放到小姑娘手里：“闭上眼睛，不要猜它是什么，是神仙阿姨送你一颗魔法宝石，回家再看。”把豆粒放到小姑娘手里，又把她的小手深深合拢。“晚上我们一起吃饭，但不要告诉任人，你遇到了世界上最大的魔法师阿姨，尤其送的宝石不要告诉任何人，你回到家，立即把它埋到你家的小花盆里。你家有花盆吗？”

立即点头：有很多。

“那把它埋到一棵小花树的根旁边，它会自动变出魔法给你。”

小手紧紧的，已经放进口袋：“它会变成什么？魔法师阿姨。你在《哈里·波特》里吗？”

魔法师阿姨沉思了一下：“你见过黄豆吗？”我指着四围田野上的黄豆：“这些植物，你认得吗？”

摇摇头。

魔法师阿姨拉住她的手，指着眼前的豆地，沉重地说：“过不久，它会变出一棵和它们一样的东西。”

吃过晚餐，那只小手还紧紧捂着小口袋。

她爸爸笑话我，说你用什么哄了他家小孩。

“因为她是小孩啊。所以哄她。”

我一向对十几岁以下的小孩有好感。对十大几、二十几、三十几、四十几以上的、更大的，都不熟悉，也不喜欢，看到了，大多时候头疼，不疼，也是装的，因为，我不太会和他们说话。我十四五岁以后住校，基本没在大人堆里混过，算作人生缺课。

高堰的夜到得比城里早，七点刚过，天已经黑透。明月和星光使天空更美更蓝，看到了狗，看到了小猫，看到了很多小燕子。我在马背上的时候，因为有些近视，我大喊的是：快来看啊，天上那么多大蜻蜓啊。还看到喜鹊，是灰色的，一只一只在眼前飞。

吃过饭，我和那个接受了我魔法宝石礼物的小女孩——她已经和我亲密多了，又让我抱，又给我看她爸爸漂亮的新手机。我和她的妈妈，则一起坐在院里的一个大磨盘上，研究那些房顶，看我们还能不能爬上去。

乡下的房子都是平房，我真的好久没见过平房了。觉得真的是踮踮脚，就能爬上去的感觉。院里养着好几只狗，大的被拴起来了，据说已经会看家了，见到生人就想咬。小的狗是才生不久，在院里乱跑着，还不知道区分家里人和外头人，一天下来，只知吃饭。其他的人都在屋里喝茶。那屋当中摆着一张关于高堰镇的未来规划图，这一屋中的人正在谈论的事是，如何拆掉旧的房屋，盖上新楼，田地被划出格子，哪儿种上花朵，哪儿种蔬菜和药材。这个镇的主管亦在，这位主人一脸对未来向往的样子。

5　论秋色是否可分

皆言秋色可分，但无所考证其色都分了谁？总是一点一点分给了植物罢。可也曾想分一些在我处？横竖一想，我这个人，在哪儿都是不知惜物的，也是好哄劝的，什么不分我也罢。我喜欢各种植物，分给植物亦不是分发给外人，亦如它是通过分给那些植物而分了一些给我。

对于植物，除了家门前认得的以外，很多植物，总是常常四处相见，而不知其名。比如，莲花和荷花，同一植物，我却曾一直不知它先有哪个名，两个名在使用时的细微区分。同一种花有两个名字，而为什么它们的子被称为莲子而不是荷子，为什么它们在佛前就被名莲花而不再叫荷花。就如一个人有两个名字，被不同人唤，被在不同地点唤，有一些场合上的分别罢。我每天上下班必过城南部的楚秀后园，那儿有一个大池塘，全是荷花。这里没有一个人叫它们为莲花。竟使我多次疑心莲花和荷花是不是两种花。

在南塘秋天采莲的小孩，被写成十几岁年纪，杏色单衫，鸦雏黑鬓。这个池塘在城市南部，它所在的园，有一段时间名为城南公园。因了这一层，这池塘我呼之为南塘。这是一个清亮、方正的活水塘。

从一个冬天，一个春天过来，有着看不尽的恬静，和对一切世事的不惊扰。它的生命只有在夏天，才尽其无限地打了开来。让一年四季都喜欢着这个后园的本地人，有一次惊喜——总是忽然间一夜醒来，千万片荷叶铺满水面。竟使一个习惯每天来这园中走动的人，也不知，它如何生出了绿，如何生得那么满和美。一个人在这园中树下午睡时，没睡前他看一眼这池塘，荷叶都只是绿得浅浅，可他午睡一醒，一看，绿已经重重铺到眼前了。又像是你前一晚还在这池塘边纳夏凉，然后回家睡觉，只隔上一个夜晚，第二天再来，叶子的绿已经有可以遮雨的厚实，花也开了出来。

中国的汉字，一时是同音不同义，一时又是同义不同字，学习汉语的人，要有一颗绚丽的心与它匹配。字是祖宗所遗，如何成就这样气象，那是一个后生的人，在没有全部懂它时无法追问的。这一池塘荷花，与这个坐于中国南北地理分界线上的小城，在我，有着非常生疏的关系。它靠在城里最繁华的淮海路边——这城里再没有一条路，有淮海路这样繁华了。将城市在中心处东西切开，贯通城南城北，是外市、外地人以公路进出这城市，必经的一条路。之前有水路进出，但水路近些年早已关掉不通。这城里的人，在没有铁路、航班之时，要出城去，必走的一条路就是淮海路。从这条路出发，然后再向东，向西，向北，或向南。即便有其他路，也要先通过这一段路而再赴其他的交通方式。这路上，人总是很多。除却这些进出城的人，还有每天出来办事、或上下班从单位到家里也要走这条路的人。这条路，因为夜里路灯也明亮，从一个早晨到另一个早晨，都是川流不息之象。

但每天走过的人，每天都经过这个池塘一次的人，却很少有会只因它开了花而停下看一看的。都是忙碌的人，没有一颗心能清静地为一些无关生活柴米之事而停下。也许都是粗笨的人，体会不了一池花每年都在等他来看。它开了，也就开了，开成紫的、白的、红的、粉的，全是它自己的意识。开得好，开得不好，也全是它自己的事情。

早上又去古淮河边看我种的几棵树，到底是在落叶了，树身再不是一夜过来热热的，摸上去是清凉的，似乎已结了一层晨露在树身。到了它可以去吸收天地之间的水分而不是它自己发散自己生命汁水的秋天了。

只是所过之处枫叶还没有红。虽然我知道，枫叶一红，也就是一年过去了，很多植物最繁华处的生命都在秋天这一季。昨夜眠好，不知下了半夜微雨，街面如同被净水泼过。

秋天了，一个被认为适合休息、清坐和对酌的节气，可是，没有人在意一池塘荷叶在慢慢枯萎，花们在渐渐收拢身体。也同样没有人因此而停下，看曾经这么旺盛的生命怎么就一夜之间凋零了。它欢然喜悦盛妆而来，是一夜之间的事，它整衣敛容沉默退去，也只是一夜的事情。好像这都是岁月中的寻常之事，不需平凡的人们为之挂怀。

或者，这只是人与自然之间早已相通心意，它之开落，只如客去客来。它开如它来，只是家人之一，不需曲意迎候；它去，也不需虚意辞别和挽留。此去之后，如果它还活着，它自会来再见，不需言邀；如果它不再来，也不必伤怀，生老亡故，只是自然，谁早晚都会有经。它不为任何一个人、一句话而动情，也不会为任何一场风霜、一次变故，舍它年年来见的心。

每见自然之事，总是让我叹息。人诚是微不如物，没有一个人，活得比器物长久，也没有一个人，可以活得像一株植物那么清楚，在天地间独得率性、单纯和坦然。

情绪最是生命里可以被剔除和忽略的部分，每年每季每日，真正要务，总还是要回到一张办公桌前，那里所须要，只是一个能真正投入做好人生实务的自己。在每一个早晨，打开笔记本，把昨天排好该派今天来做的事情，按轻重次序排列做好。然后，在这些事情中，度过一天中的白天，把另一半，再交付于使生命得以继续运转的日常，使它得休息，喂养，使它有力量担负其他人生角色的完成。

我们本来比一切都软弱，但我们从来不会这么被看待。总是每年被看到都像是好好的，这也许是仅属于“人”的、自然独赐于人的外层。我们总是被不知的一切所认定：我们总能是好好的。就算什么没有，也能好好地活着，不会大声哭求，也会努力不去展现软弱，不会一场霜下来，就枯萎了。这就是我们与植物的区别。

每一场春光、秋光到来，万物都被分以颜色，而我们，若衷情某种自然之颜色，我们所做，仅仅是努力劳动，然后去商场，买一件那个颜色的衣服，自己披在身上。

6　棉花集

旧历九月十九，淮阴区棉花乡集日。天气晴好，早上八点骑单车去赶集。

同行的姐姐因为有亲戚在棉花，所以熟悉路。我不认得东南西北，只一路跟着。先路过了铁路，这是小营乡属地，然后是大片田野，水稻已将大熟，穗子的浆已灌了有九分满，摇摇曳曳喝多了酒的大胖子似的。大豆的叶子都黄了，已经有人在收割，路边一堆一堆是花生的秧子，连泥带土拔了堆在路边，花生都在上面缀着，还没有被摘掉……那么多花生，吃一辈子也吃不完的花生一路堆了很远，使我怀疑家家都种了无数的花生。如果女孩们嫁到这样的人家，恐怕一世不用买花生了。

还有无数的小青菜。淮阴的青菜有很多种，我一直搞不清楚，扬头青、大头青之类，有什么分别，所以后来干脆不理这些理论了，觉得就是青菜。过了田野，有了人家，房子皆很陈旧，每家都有院子，种了各种东西。临街的房屋皆作了店铺：棉被店、五金店、杂货店，居然还有洗车店。

其中我最喜欢杂货店，所以停下来进去看。各类生活生产用品而已，四处陈列，并无条理。小时候，最喜欢站在杂货店的柜台之间看那些杂七杂八的东西了，一直使我觉得一个人的生活区域里如果有一间杂货店，有那些东西在，人生就不会有恐怖和孤单，就会快乐地过掉一天，一年，一生。

秋天从何处来，从我所住城市的北面还是南面？当它从乡下向城里慢悠悠浸透过来的时候，眉目间必是青涩少年不知前路但又一派天真坦然看轻了一切的神气罢。所过之处，夺村虏寨，催熟谷物，催落木叶。远如棉花小镇，藏在田野深处，也是沾染得有十分秋迹了。

在棉花，看到整个一条街都被人挤满了。世间的一切物品，好像都在这一天集合起来了，日用品、服装、食物、水果、各种各样的鱼、小猪……火红橙黄的柿子一车又一车，一堆堆的白藕和红菱，一街的白藕和红菱。“红藕香残玉簟秋”，只是一个女人心里、眼里的秋天。不是眼前这一天一地，不是男人们辛苦劳动变出来的秋天。易安的诗里，男人总是缺席。如果是男人，是不会这么写秋天的：既写下丰满圆熟的红藕，又去写那冷下来的玉簟。

回来风起，路旁大杨树依依摇下叶子，纷纷扬扬往身上落、头上落。姐姐一向是沉默少言的人，她会对你很好，但不怎么说话，我也不大说话，只是一路折回又看到了来时所见的那些水稻、玉米。从这一条路来，也按这一条路回去。仿佛人生，从空白里来，也必向空白中去。

7　这一部分的我，不能用于生活

昨夜旁边小区工地上的机器不知是我睡得熟没听见，还是也累了在休息，居然一夜没听到它的声音。那里所建，是一座幼儿园。来年的九月就可以收小朋友上学了。

清凉的风吹进窗子。每一天中，旧掉的那些事物、不再等一个明天的事物，不知都是些什么。

每一天我们所做，只是无数的小事情，做与不做不知是怎样的区别。很多人这样生活，所以我也这样——这就是成年人的生活。趴到窗口往楼下看，穿环卫制服的阿姨已经在扫台阶了，也许半夜没睡。不知她们有着怎样的一张作息时间表，她们沉默地、缓慢地清扫着小区里的路，门口的街，一箕一箕，全是落下的树叶，那是不是树们长长了的头发啊，也逃不掉地落了。

一天又开始了。昨天为之苦恼、忧虑的事情，也许在另一个时间、地域上的自己回看，都是小孩丢了一颗糖果或忘写了一页作业、游玩时被撞得哪里疼了一下的事。

很多个傍晚，我一个人在夜风中选择步行回家。有时一个人，在下午静坐，忙完了一天的事情之后，只想静坐。有时，也会到河边去走一会，或到图书馆的旧楼里去看一下。这一部分的我，不能用于生活。古淮河的水并不清，所以它浣洗不了一个整日风尘仆仆的人。那些在以往生活中用出的力气，只有睡眠能够还回。

8　每个人生活的城市，都是一个人的铠甲

一件衬衫和薄外衣，已抵不住早上的秋凉。梧桐树叶子的绿再不是浓如在春昼时的样子，只是一片片枯萎下去，凋落下去，生命将要寂灭，交会于肉身和灵魂中的各种因缘正慢慢剥离出走。

一个慢慢开始的告别。人与物的很大不同就在于，一些植物每年的一次落，都不是死亡，是还会重回枝上，在泥土里重被养育，是看得到并可以怀抱的重来。而人的离去，重回时，我们不知是什么样子，因为不知，即使见到也无法确认，所以，我姑且信人的离去是不会重回的。永恒这两个字，只是对物，不会对人。秋天一次次将一些物熄灭，然后，在冬眠后还回。

大前天晚上八点还在会上，简单吃过，八点半出会场，带一小包洗漱品打的到火车站，坐十点十分的夜班火车出差。人至成年，也许更知情义之重，有些事，必须风雨奔赴。昨天早上到会，上午开过会，午休了一会，晚上，即坐夜班火车回来。回到淮安，正是早上七点左右，太阳正将升起，正好回到书桌前，好好倒上一杯水，过另外的又回到淮

上的新鲜的一天。

这班火车抵离时间很贴人心。夜发朝至。返程如是。之前，去北京，都是在徐州中转。现在还有些人从徐州中转，那是徐州有了动车，坐动车从徐州到北京只有两小时多。动车目前淮上还无。

每个人生活的城市，都是一个人的铠甲，穿得久了，也就合适了，温暖了。加之穿脱换洗麻烦，也就那么穿下去好了，穿一生好了。

穿着重重铠甲出去旅行，不是所有人都可以常做的事情。这些甲片，有生活中拖泥带水的一切，有肉身上撕不掉、洗不净的世俗气，久了，它们都成了有重量的东西，让人越来越飞不动。

之前很多年，我每一次出差，都睡不着好几天，先在笔记本上列出行必备品，曾经的记录里有背一张清洗好的棉布床单去走丝路的成绩。然后，再写须要安排的事物，哪一天有哪一样，一样一样理齐交待好，再写上各种须要用的联系电话，收好钥匙。仿佛不是一次短期旅行，而是要出去经年。刚入社会时，亦曾为各种杂陈事务长期地深深焦虑。我那时的上司是一位才从日本回来不久的农学专家，因为一口流利日文回来做了日文翻译。有一次，当我又一次因工作陷入焦虑时，他说了一句我至今没忘的话：所有能用钱解决的问题都不是问题。

后来我一直用这个理论对付令我焦虑的东西。我学会了把工作笔记上令我发愁的事拿出来对照：

这个工作我不会做，那么，我可以找到人帮我做吗？

可以通过招募付费解决吗？

这个工作必须要赶吗？我可以不那么赶啊。如果交办得急，可以找另外的人一起做啊。

如果只是我个人的事务，又赶时间，那么我把做其他事的时间，腾出来专注做它好了，先只做眼前这一件。

做好一件是一件，不一定每一件都做完。比如我可以在忙时不做中晚饭，去饭店烧好中午的菜带回去，尽量找出更多的能省出时间的办法。

学问不是一天可以做得出的，工作也是。

如果这个事，我做它只是为增加收入，那我可以少一点收入啊，我可以略微减少一点花销。最后的问题是，如果我没有资金去帮助我自己解决这些问题，那怎么办？我要通过这个工作去过日子怎么办？那也简单，拼命认真工作去好了，不管什么工作，去做好它。这世上，总不会是所有的技术都是不可学习的吧。那么，我为什么还要焦虑？我一定要好好地、内心平静地、新鲜地、健康地、愉快地、旺盛地、目不他视地活着：不纠结于一时之成效，人生至一定程度，亦该释然于事业之成及财富名利——都不是永远鲜亮，都爱生锈。

桌上的台历总是来不及翻，一天就过掉。淮上已临深秋。昨夜的一场雨，不知不觉中加重秋寒。晚上六点半从大运河附近的英语课教室出来，天已经黑了。

街灯亮起，没有风，一街梧桐落叶都静静伏在地上，行人踩过去，车子开过去，只是偶尔地、低低地飞起，旋即，又落下来。

秋天行到深处，是再也无力将繁花和明朗日头托举起来的样子。很多孩子被裹上棉衣，被父母按在两个轮子的电动车后座上，从我身边飞快地穿过去。

自行车越来越少了，都是这种电动车，速度飞快，类似自行车然而比自行车重和大的车。一个正是中学生年纪的十几岁的小孩子背着书包，也骑着这种电动车，一手扶在车把上，另一只手里抓着吃食，我没看清，只看到他的嘴巴里丝丝哈出白色的热气。

站在街边，我从包里取出围巾。一直以为还不到围厚围巾的季节，昨天放在包中本只为遮雨。围好围巾，绿灯亮了，那一刹那，忽然想打一个电话，或停下来写一封信：暮色正转暗，又一天将要过去。

9　相　替

晚上，我在东大院的林家面点铺喝红豆粥。下午的作息时间已改回到春季作息时间：下午两点上班，五点半下班。

在这个只卖早晚点的小粥铺里，我已和那对煮粥、煮小馄饨的夫妇一起度过了很多晚点时间。虽然我至今不知他们名姓，没有交流，在这个粥铺之外的地点也从没互相遇见过。但这种认得，是不须经过任何仪式确证的认得。

很多的晚上，是一段最静的，最能让我感到生活安稳不用急促地赶着每一分钟、心总是在跳出状态的时光。我也进入我的另一个部分，回到那个为工作和一份早中餐所忙的状态之外的自己。

人世有多长，一百年罢。我们都不会在岁月中有太久停驻，做贪心的那个，一百年足矣。于一百年，那一天，一月，两月，三月，都是因为须要珍重而将之看得悠长。很多朋友、亲人，因为工作和生活忙碌，不能够常常相见。它只为知道明白珍重世事的人，而在每一天显示着它的诱惑和不易于挽留，以各种面目，它安排四季，晨昏，寒暑，生死，地理和心理的距离。

粥店临近附小，旁边是机关幼儿园，其间夹杂的皆是小店铺。其中以文具纸张店居多，还有几家卖衣服的店。然后就是小吃店：福建的炖着各种小钵肉汤的小吃店、陕西的米线店、兰州的拉面店、小孩子喜欢的汉堡店，我去的多是这家每天热气腾腾地煮着很多粥的林家铺子。自小姑娘在学校晚自习不在家吃晚餐，我自是一年在这吃了半年晚餐。之前小姑娘上小学时，我们也常在这吃早餐，一份小馄饨和两只小笼包。

晚上，我多只是点一碗红豆粥，粥煮得薄，正合我心意。我们初来这个店时，听说亦是才开，只是我，如我这样的人常常地到来，他们已经舍不得关掉。如果关掉，我们要重花多少时间再来为我们的胃培养和适应一种食物？这一家人是本地人，周围其他小吃店的主人多是外乡人，一家人拖儿带女来到这个异乡，靠着会做一种食物的手艺而在这生活。他们真是最能庄严而有韧性地面对生活的：做好每一份食物，让一些偶尔尝过这食物的人长久地为一种食物而产生迷恋。

文具店边上还有一个卖水果的店，我只去过一两次，就再也不喜欢去了——那儿的水果不知为什么都是放了很久的样子。有一次，我这样说，那卖水果的人还生了我的气，又因为我的外乡口音以为我是一个偶尔过路的人，指责我对于本地水果的不了解。她那么大声，仿佛要一定因为这一句话而理论出结果，我转身要走，她还举着一只水果要拉我评述。一个女人，这样的气势，加上那水果实是不好，我自是一个也没买。而且后来，这个店，我路过了，也不进去了。

早在很多年前，淮安因了交通位置之故，各路客商多于此集散或做途中歇息，远些年前的老一辈人，很多都见过大的世面。一些老人自己亦言淮上人，言辞凌厉，得理皆不饶人，好口舌之争，有时便是无理也要强列出理来，历来有“淮刁”之名，且喜“欺生”。好在我在此生活多年，日出上工，下工回家关门，与人相见也少，偶遇一些无理之人事，也觉得只是人性中皆有，非一地之风。

每一天开始和忙过，埋进工作事务再从工作中收心出来，行走在上班和下班路上的时候，总好像真正的一天才在我眼前铺展开来。路上很多人，都在身边，但我们并不熟悉，擦肩而过。

他们提着菜，抱着幼儿，拿着手机为着一件什么事小声低语或大声叫着。街上尘土飞扬，车一辆辆在车道上移动，洒水除尘的车只有在天亮之前才出来一次。两边那么多楼，一天比一天多起来，积满灰尘，年年月月，不知被哪些人所住旧。

那些生长在土层稀薄的街边，总是缺少休息和营养而只是得到了一些阳光和雨水的树，每一天每一年，也只是那么静默而温暖地陪着这街上的每一个。也许更多的是陪过我。我与它们同在一样的环境和时间之中，没有活得好一些与活得不好之分。所能区分的，只是我们的肉体，谁能更久一点存在。这个比较也可以放在人际之间。没有谁可以活很久，一百年已是大限。也许我们之中，会有某个谁，做了一件事情，或某个际会，她被另一个人记得。即使她先行而去，但另一个人仍然将她延续着——但是，我所知的道理，也常常更改。比如去年，我还信死亡阻断不了所有人际间的联系。但是，今年，我加了一点份外的想法：所有的“好好活着”，都是活着的那一个的，给不了别人，也实现不了替另一个活着。世间的人，再恩爱，生死都无法相替。

10　还有一天霜降

还有一天霜降。晚上去河边的菜场买菜，很多菜正是丰收季：小青菜一堆一堆堆满了路边的空地；还有小小的红色水萝卜；尖尖的红红的小辣椒；很多熟了的柿子；山东过来的红枣、山楂、苹果，也山似地堆着。青菜又小又嫩，一块五一斤，柿子有的三块，有的也只有一块五。我总是忍不住买下那些绿绿的、那些生命气息浓得化不开的生长了一个夏天的菜和水果。我爱它们。回去只为自己做一钵菜汤，我也欢喜。

天凉了，梧桐在落叶，满街的树叶，和我一起走过夏天。前天收到一盆蝴蝶兰。紫得透明如晨曦，又富贵，又生得旺象而矜持。因为喜欢，所以我收下了这份礼物。它很重，我独自把它抱上楼，觉得它真的很美。

那繁花盛开的夏天是怎样慢慢地、固执地来到的？又是怎样慢慢开至颓靡，然后从大地上消失？像我不舍地追寻过的事物，像我热爱过的城市、书籍，还是一个有血肉的人？还是，只是我自己。

街上已经没有穿单衣的行人了，毛衣、厚的鞋子、袜子，季节总是通过我们的衣服来到我们的生命中。

无数个霜降，在生命中轮回不已。这个城市，在天空中俯瞰，只是一些河流和一些房屋的隐约轮廓——这些，注定比生命活得更长的事物，时空越久远，将越显示它的韧。也许，因为我与它们朝暮厮守过，在我有一天离开时，也会有我经过的印迹。可是，我希望的却是生命能相忘即相忘，不必相忆。

人生聚散寻常。也许我们活着，已是彼此所能给的唯一珍惜。天空不会有永晴的状态，生命更不会有。爱也不会是永恒的——虽然年纪小时容易这样相信。好在我不相信，我更多时候，只是很爱自己，很珍惜地活着，穿洁净好看的衣服，煮美味的饭菜，读在我以为是最好的书，去运动，和我心里认定是知音的人一起喝茶、讲话。

在这个与我没有太多血缘关联的城市里，我偶尔会觉得我是孤独的一个。可是，每次在街上，在河边，在树林里，看到天空那么蓝，看到草那么绿，看到树年年都在长，看到小孩子高高兴兴，我又觉得这样的生命，是很好的了，是值得一活的。

11　交由淹没

这两天，我因为处理一些资料，一直待在楼上，没有出去。但早上仍是五点多醒来，然后下楼转一下，再回来睡一小会。我自己的电脑因为打不开而送去修了了。我的手机，最近也出了问题，同事说找不到我，一打就是占线或关机状态。也许，这手机用了多年也终于贴心了一次，知道这是一段难得的秋凉，不想毁坏这份天气带来的好。

我已经很少有一夜不眠读一本书到天亮的状态，我的床上堆了很多书，我有时也并不知在读哪本，或者总是几本一起读。醒了就摸出一本看一会，再睡。再醒，再摸出一本，看一会。它们被我乱放在枕边，被子边。现在，我用的是一个先前被我丢弃的旧笔记本电脑，又慢又滞，总出故障，使我失去能打字如飞的状态。

我不是一个擅感的人，甚至对生命中很多无知无觉：不知疼也不知痛，不知过得是否苦，也不知过得是否开心，知道谁好，却看不清谁不好，就那样一天一天过下来。好像一切还没有从我这里经过，我仍只是曾经的木讷少女年纪。没有对疼痛的敏感，也尽量不对想不懂的世事人情哀伤。

我不明确成长在一个人的内部如何构建，如何让一个生命个体能更悲悯、强大、自持。我不对一些事情怀长久的抱怨之心。也许有一小会，我觉得遇上了不好的、令我难过的事情和人。可是，一转头，当发现我还好好活着，看到风在吹树枝，街上行人依旧如织，生活仍然要继续——它不论我是什么样子，都不会因为我停下来——那没有用的怨和哀，也就翻过去了。

每天晚上，我做的事情之一是将明天要做的事记在笔记本上，包括需采买的食材。那些事，在明天，再被我一件件用红笔勾掉。我的工作笔记多年来从不留存，用过一册，隔一年，连同一册年历在新年之前的扫尘日一起放到旧物里，有时借了隔壁办公室的碎纸机碎掉，有时只是用剪刀横竖一剪。然后，和旧杂物一起，被收纳旧物的拖走。

这些旧物被收到哪里，我一向不知。可我，也一直没有留存的想法。是我自己，无法面对一天天我居然做了那么多小事情。

一年下来总是几本这样的笔记。我不喜欢它们，只是那些事情，它们需要过我。无数的事情都是每天重来一次，我有时无法忍受这样的重来：碗每天洗一次，锅每天也都要洗，还有衣服……还有，很多。为什么这些事情反复出现，做了一千次，都做不完。

这就是“活”着的表现方式吗——在一开始，当我请了另一个人帮打理这些的时候，我一度好像是没有了存在意义一样。

经过了很久，当小姑娘住到了学校读书，不需每天回家了，我搬离学校门口的小房子，搬进比原来大两三倍的新居，我才整理好心思，接受了这样一种处理生活杂事的方式，真正静心从这些杂事中稍微将自己分出。一个女人，不就是做这些的吗？这是这个城市街头巷尾对女人比较趋于一致的定义。

所以，我每每也不喜在年尾除尘时，翻看到这些笔记——不是为记做了哪些事而存在，是每一天提醒自己明天要做哪些事，怕忙中漏下。这是来自生活的教育，没有这样一种预计，就是菜里缺一棵葱，锅热了也要停下，再下楼跑去菜场一次。这些笔记，只是一个不会打理家事的人担任家事的一个方法。只是一个不成熟的成人曾经的部分。这一部分交由时间去淹没和带走，是对这些无意义之事最妥善的安放。

而每日的工作，也只是生命中没有任何独立意义的部分，是附于生的细小末节，虽然它占用了我们庞大的时间系统中最重要的区域——每一年每一天的早上八点到晚上五点半，它那么直接、执拗，把每一天的黄金时间中完整的一块切走。

一个人一生，总会做下一件又一件没有意义的事情，做过很多没有意义的期待，读过很多终其一生也没用到的书。实际时间，也许永远是人世中与我们最贴心的一个，它一直对我们每个公平相待。一个人一生，只是为了活到老的那一天而活。

只为这一天，为赶到那将离去的一天——我们才走过了漫长的路。在这漫长的路上，我们看风物悲欢，也做了很多的事情，也犯过似乎只有孩子才会犯的错误。然而，我们活着，终是会懂，我们只是为走到那最终的一天、与所有人道别的一天而活。一路上，我们和那么多人相逢，也只是为，有一天，要与他们道别。

这个世界上所有角落，去到过，是一生，没去过，也是一生。到过之处，一天是一生，百年也是一生；那些没有到过之处，没有再见之人，我愿成熟的人都不必费心彼此记取。而我，也早在成年之日放弃了去了解生活在每一处、每一个人那儿，到底是什么样子。对于我，自己需要面对的，可以遇见的，才是真正的生活。我一个人到落叶的街上看落叶，在人群里去看苍凉白发和婴儿目光，都是我为之动容过的我活过的记忆。

夜晚如此安静，风正吹过房顶，向更远方吹去。下午手机修好了，给妈妈打了一个电话，她正在洗衣服。也接了一个电话，问候我是否一切都好。光影移换中，一街的人都在老去，十岁第五天的，正在往十岁第六天去；二十岁才过了一天的，开始往二十岁第二天去；明天就将八十九十的，也在向下一天而去。那陪伴过我的、让我感受到生命如此奇异又如此脆弱的事物，我愿都常在，永不止息。

12　树树梧桐叶落完

秋天一点点深去，在北方一些地方，在十月二十号左右已开始供暖，在家里还是可以穿着衬衫的。我在街上走着的时候，感觉天还不是十分凉，然而回到学校边上的住处，是不可以脱衣服的。这一座城的人过冬，不靠炉火，皆靠增加衣服，有时家里因为没有晒进那么多太阳，比外面冷，所以，有的人到了家，不是脱去一件衣服，而是再加上一件。

我一直的坏习惯，到了家里就要减掉衣服。在家里而穿得很厚，在我一直是不能适应的事情。这样一个习惯，由于没有经历幼年时的培养，怎么也无法做到。童年对于很多事的习惯，可能真的是一生。

我现在住的楼，是新近才建好。之所以买它，是因为据说它是这座城里为数不多的可以在冬天实现集中供暖的楼。这一个处在中国南北交界之地的城市，向南冬天皆无供暖，向北冬天楼房才集中供暖。集中供暖被建筑商所考虑，也只是这一两年的事。但是，因为是新楼，很多人家没有住过来，所以到现在，传说中的供暖也没有开始，也不知要等多久。

也许我的年纪，还不是足够怕冷的年纪，天气也在一点一点考察我的耐心。去年我住在学校后门的另一个房子里，很旧很破，但楼下是公共洗浴室，我每天晚上都可以去洗一次澡。我会因为睡前的一个热水澡而过一个寒夜。那个房子因为这个浴室而使我倍加留恋。

满街的梧桐叶，在风里旋动，我一片一片地踩过它们，我总是故意地踩到它们。那一年年被招过的秋魂，仍是寂寞的，不知所向的。秋天，眼见它正穿城掠寨而去。

13　西大街

下午过西大街，快四点光景，按理该是一天中比较热闹的时候。可是，因为气温下降，仿佛很多噪声濡进了凉气，变得沉重，浮不起来了。用重重的步子从这一条街上走过，它仍是安静的，像在一场睡眠中。

我在开明中学校园旁住了一年，天天早晚与它相见。从这一条街上走来走去，买各种小零碎、各种食物。然后，才随着开明高中部的搬离而搬到城东南。它比我夏天见到它时更沉默了。最近，它从可以人车混合行走而改设为单向车道，而且禁鸣终于实现。在我记忆里，它在秋天中，还从没有过这样清淡的好样子。

它是这座城里最老的街了，一直没被拆掉。没被拆掉的原因之一不是因为它的老。这是一条商业街，街两面人家的房子上数几代起就是商铺，每一间商铺都养着一家两三代人。这条街之前名为“花街”，有东街西街之分。这个“花”，有繁华之意，这里曾经卖花的店铺也最多，是花粉巷陌，街两边人家的房子也装饰得好看，这种种解释都合适它。

这是一条热闹了上百年的街了。那街上所有的店面：点心店、面条店、红豆粥摊子、卖水饺和桂花汤圆的小台子，然后是数不清的文具店，各种牌子的衣服、鞋帽、小饰品店，打各种金器、银器的首饰店，一家一家的店都很小，外面看着都相似，可是，绝没有相同的货物。

以前傍晚无事时，我也会偶尔在这街上散步，一家店一家店去看。那时，我在那里最喜欢买一些小笔记本，那么多，一家一家挑，挑纸张好的，柔的，封面好看的，还拿了笔在不经意处先写一下，看晕不晕墨。也挑色彩，同样的图案，各种颜色有各种好看，我喜欢简单得有点旧旧的黑白色，那里就总好像是为我的喜欢而特意准备下一本又一本这样的笔记本，使我每次进到一个文具店里，都不会空手而归。还有铅笔，中华铅笔，各种色号，小动物样子的橡皮，小时候用过的这些东西现在很少用到，但一看到，还是想买来。其实买了，也很少自己用完，有时散给放学到我这来玩的小孩。他们正和我当年一样年纪。我至今仍是无法抗拒这些小东西。

在这西大街上走，每一次都走得手里满满。看到小发夹，看到小水钻的胸针，看到水晶店里的小饰物，一家一家走。街里的扬州包子店，我现在还常去。还有烤肉串的，我有时也在那一个人无事烤一根肉串吃，平时很少吃，可是一堆热气腾腾的小孩围着，排着队，不知不觉就站到队里去了。那些肉串，烤得真好，居然没把我变胖，我是一边吃一边想着再也不吃下一次了，否则我就真的肥了。可是，我总是没能够管住自己。

这条街上，还有全城最老的的梧桐树。粗粗的，慈眉善目的树，那么大的叶子，看到就是一种给人遮挡的感觉。淮阴城里，之前很多的街上，都是这样的老梧桐树，后来渐渐被砍掉了很多，换了新的树。据说很多人不喜欢桐花的毛毛，这不喜欢的人是哪些，从没有被公布名姓。另一个原因是它们长得太快，叶子密起来，会遮挡行车的视线。一届政府有一届政府关于规划城市的理念，一些绿化树的更替不是大的事情。以前种树总是十年二十年见成效之事，现在，很多的街上也换树，但不会从幼树种起，植下就是大树，是别处养大了再移来。可以种在街边的树有很多种，我仍是很喜欢梧桐——那么粗壮笃厚，是这一条街上，让我感到有依赖感的有限事物之一。

我以为我搬离这么久之后，西大街一定也旧了。和自己认识久了的事物发生感情，我一直以为我不是这样的人。我离开一个地方，离开便是离开。所以在过去的时间里，我一直不怕搬家，搬啊搬啊，单在这一个城市里，我就住过几条街。虽然喜欢，但我也并不会执着得如何。搬离，便搬离。搬来搬去，也只是这一个城，也只是，在这一生。

只是下午从这街上走时，忽然觉得，我突然和这一条街又有了联系。我在这街边住过，听过一天又一天开明校园的钟声。对于我，这里的所有东西，都有一只生锈的钟的味道——也许，那只是通过庞大分贝的扩音器所放的复制的钟声。

然后，是我每天的上下班时间，我从每一家的店门前走过。现在，居然还是那些店，那些物品。荷花池菜场，人民路，河边上的咖啡店，十块钱一杯茶，可以无限久地在那停留，带一个笔记本就可以窝到那最里边的沙发里用网络，然后不停地加水。到最后，到隔壁校园晚自习的钟声响起，孩子们一起下楼梯的脚步声音轰然响起来，我起身结账，仍然只是十块钱。

14　小雪封地

晨风中已有透彻的冷，今天是小雪节气。昨天阴天，似有雨意，今天晴起来，却不是常见的那个黄花大太阳。中国北方一些城市有小雪封地、大雪封河之说，可位于南北分界之地的淮安城，却没有这样景象。人家门口的田地里仍在下种，仍在长着各种小菜。此日向前，就是过了秋天的边界了，前五天虹藏不见，中五天地气下降，后五天天地闭塞始而成冬。一个秋天，被我们过完。

这几年淮上所历，节气表上的景象会迟来很多。有时到了一月份，天上下的还不是雪，而是雨。也不会多么冷，一个大太阳照过来，地面，河流，就都又是暖的。淮上入冬的标志如果是一场雪，那每年这个日子都不固定。有时一个冬天，也下不起一场大雪。只能从街上行人衣服看，一街的人，都穿上厚厚棉衣时候，那必是冬天了。

下午绕路去我城东北的房子那，从河边过，柳树还是绿汪汪的，只是梧桐，叶子落得差不多了。只有苹果、石榴、葡萄，这些在夏天结了很多果实的树，用去体力的树，弯下了枝干，再无绿意，它们比其他树更早地进入了冬季。

河面的水仍是清碧闪亮。流光中浮起一晕又一晕阳光的暖，像婚礼中洒下的金粉。我折了一握仍是嫩青的柳枝，又从邻居爷爷那折了一束开得好好的紫色菊花。花中并不偏爱菊，对许多花，我都是一样的喜欢。枫叶这几天红了，三三两两落在地上。是无比明净轻盈的正红。

邻居爷爷每年总是率先穿上棉袄，像要给那些不肯穿厚衣服的小孩做榜样。而我，仍是穿得很薄，毛衣还未有加。秋天若知怜惜，想必会因为我这一件仍是很薄的衣服，而重定一个迟一些的告别日罢。

街上依旧是如流的人群，大多已穿上了厚衣服。在这人群中，一天天老去的何止是街边草木，也必有这些被一年年踩过的路，住过的房子，用过的物品，每天相见的人。

早上在办公室旁边的福建沙县小吃吃早餐。这一户福建人家，从两三年前到了这个小城，还没有回过一次老家。每天为一餐早点忙忙碌碌，炖鸡汤、排骨汤、鸽子汤，下面条，包小馄饨，还蒸一笼笼小小的被她们自己称为“柳叶饺”的小饺子。味道很一般，无油无肉，只有重重的葱味。我并不喜欢她们这些早点，实在有些粗糙，但因为早上出来匆匆，这离我顺路，才这样偶然一来。

从早点店出来，隔壁那些其他的店，文具店、水果店，也一一哐里哐当打开了自己的门。因为是学校门口，路上挤满了小孩子。

每天早上，我都从这些孩子群里穿过，他们总是跑着走路，呼呼啦啦地一会从我左面撞我一下，一会又从右边撞我一下。我有时会逮住一个淘气的小孩，摁着他停住，吓唬他：再乱跑，把你抓到我家去。低了头不讲话，可我一放开手，他又呼地跑起来了，跑得我不知道刚才抓的是哪个。他们那么小，也不知每天急的是什么。

万物在等待着进入一场冬眠，我也在等待，用一个冬天的时间，来重新整理订正那个从夏天一路跟我而来的自己，其中不令自己高兴的部分，有若没被那一夏的花朵树木爱过一天的部分。

15 最后一场秋雨

过了小雪，淮安城里就开始没有多少秋天的样子了。虽然阳光有时还那么暖暖地过来，撒了娇的样子拱到我们的衣服上，庭院中。

晚上因为堵车，绕到城最外面的一条路上，雨在黄昏的灯光里变得亮晶晶，路上多少积了水，水多的地方也是亮亮的。天气预报说清河区有小雪，可直到晚上，下的仍是雨——最后一场秋雨吗？下得如此轻柔，细密，悠长。从早上一直到晚上，街上扫不尽的树叶子，一片一片因为雨水而贴向了泥土，好像终于要因为这一场雨而与泥土合而为一。

树上那没落的叶子，也因为雨而透明地绿着黄着，告别的时候终于来临了。在这一场雨后，树木们，各自将去向何处？我往冬天，秋天则回往南部。在下一岁的轮回中，是否，我们都能一起活到重见。并不是漫长的时日，一年所有之一晤，已是上苍奢华的赐予，见过多少心有默契的事物，终其一生，也难得好好再见。

一路绕过来，到前进东路，我下车去路边买一些明天的食物：一份面条，水果，小青菜，一点肉丝。路边店里人家不知何时又支起了去年的大锅，在用糖生炒板栗。许多小女生淋着雨围着，等那一锅热腾腾的熟栗子。

等过栗子，又看旁边一家做内衣的店，很多内衣堆得满屋子，又到了一城人开始穿上棉内衣的时间了。

埋头缝纫的主人被堆进衣服里让人看不见了。有新做的内衣，也有一堆坏了领口和袖口来翻新、修补的旧内衣。这么杂乱的一间店，店门左手，面西向东，却郑重供了一尊白瓷观世音，并有香炉供果。我所见淮阴一般店家，多供关云长或文武财神，这一家却特别。想必普通人家，亦有化不开的烦恼，一颗忧愁的心，只有向这一尊佛来要开解。那答录机里一声声被唱颂的经文，自有这一家人想要的佛对人生诸相的慈悲抚慰罢。看了内衣店再出来，雨仍是不急不徐地下，仿佛走了长亭百里，仍是找不到一处妥帖的话别之所。

万物对季节之更迭可否有知？若有知，为什么能是那样安安静静地等着一场凋落？像一些活过一年又一年的人，终于等来自己的老。时光如此安稳流淌，我们生所必须的物质如此贴心地一样一样存在，我们，又有什么理由，抱怨时光人世之无知无觉间即已带我们走下一程又一程远路？它若无知，那风过街头、雨巷、树木的声音，为什么我会偶然疑它似孤独悲伤的人呜咽？那生命中蓬勃的、温暖的、向上生发的气息，是在这一场雨中走了，还是在这一场绵绵的雨中回来？

三　自我设限

1 暖

最近几次从南昌路那过，我都忍不住想知道路边那些有着金黄透明叶子的树，是什么名字。远看像是银杏，近看却不是。有一次，一位同事在车上，他说有可能只是枫树之类。可我仍觉得不像。枫树我见过，我住的小区四处都是。至于银杏，去年我自己还种了一棵。再探讨，已不再有人回答这个问题，只是抱怨着最近的天气。

又是一场中到大雨，秋雨还是冬雨，我已分不清，只是看着它一天一地下着。从昨天早上，直下到现在，又一个黄昏到了，仍没有停。

昨晚尝了一点花雕酒。我是第一次喝这种酒，以前若饮，也只是小半杯葡萄酒，每次都是仅饮半杯，其他酒并没饮过。喝了一小盅花雕，也尝了半盅白酒，本地陈酿汤沟两相和。然后在一场雨里步行回家。外衣淋得半湿，但也许就是因为那一杯酒，我并没有感觉冷。在我们家，并没有要求女性不饮酒的规定，每逢年节，都会被派上一杯。我一直视白酒为辛辣之物，对于辛辣之物，我一直不爱。所以从不饮白酒。即使我了解酒有暖胃而外的无限功用，遇上再令我忧虑、令我不释怀之事，也只是到大街上蹓一圈而已，没试过用一杯酒来帮助我解决。

路上很多雨水积起来。这个城市的排水系统一直是令人不太愉快的存在。一路上，我走得水花四起，溅得没天没地，靴子上，衣服上，全是泥水点子。半个泥人一样。

天真的凉了，冷也是一种喜欢聚堆存在的——虽看它不到，但深深切切可以感受它在、它怎么在的东西。回到家，房子里，被子里，都是冷，团团聚着，逼迫着让一个人散掉身上所有热气，是令人想逃跑的冷。

在这样的寒凉雨天，只有在行走的时候，才会知道身体里可以生出暖，可那一点暖，一回到家，就不够用了。

厨房里端出的热菜，才回转身去盛一碗米饭的光景，那菜就已经不再汩汩地散着热气了。一年中有很多时间，我是不用热水清洗餐具的，但天一凉，最先的感觉就是碰到的水冷了。我习惯于当场清理餐桌，将剩菜重新装盘留存。一只碗一只盆在一个房间里陪你一年年待下来，也是不易的，油油腻腻的一待待上半天一晚，就像泥堆里才滚过的小孩，不给他洗一场澡，我心里有时也是不愉快的。更主要的是，早清晚清事情都在那儿，还不如早早清洗了它们，自己心里也敞亮。当我，再也忍受不住那厨房中凉水的冷，而要用热水来清洗这些东西的时候，冬天也必是十分到了八分的样子了。

话说街上，虽然还偶尔有着小阳春的暖，树上还有没落尽的叶子，那些叶子，因为疏落而倍显孤单，竟是每一叶每一叶都使我看得更清晰，而不是密密一簇的样子。像我很多的长辈，一个一个离开视线，这些犹未落下的叶子，也是我与冬天最后的一段距离。

午后，再从南昌路过，忽然查询到了这一排密密的、高大的有着金黄透明的褐红叶子的树，名为榉树，榆科乔木。据说它无比坚实而耐水湿，亦好养，可以用来做家中的很多东西，是切开还会有着非常好看的花纹的树。淮河流域的气候条件，很适合它生长。这个城市，在这几年中，开始种这种树，很多靠近城外围的路边，已经悄无声息地种上。只是我，天天相见，每次都只是仓促一想，没有耐心求教它名姓。可是，对这样一种存在，与一个人的具体生活到底没有多少相关，追要一个它的尘世名号实在没什么意义。每一天，我路过它们，它们生长；我不路过它们，走另一条单位与家门之间的路，它们也在生长，不会因为我没有经过而耽搁。我虽被很多事耽搁过，但我亦不妒它们。

2 六点二十

隔壁学生宿舍起床铃的设定是一个多年不变的时间:六点二十。每天听到它响起,我的心情都很愉快。在许多个六点二十,是我差不多也整理好早餐,但它们还要在锅里待一下再出锅的时间。

常在这一小会,我趴在窗台上看外面:玻璃上蒙蒙水雾,隔了这一层水雾的早晨已是冬天。远处郊区的工地,已停止了施工。大地在以一场冬寒向我们要一个短暂的休息。天亮得没夏天那么早了,冬天前后的六点二十,天还没有透亮,那么安静,有如万物都被罩进一场冬眠中。夜间至清晨时室外气温已是零下四五度,略见薄冰。但一会阳光上来,也就化了。像人,生了气,生一会,也就算了,生上一辈子,没精力搭进去。

晚上过里运河,河边上一路被装了很多灯,河边的树上也有很多灯,那灯使夜明亮生动起来,也使这一条河,更显凉意和疲惫。

河也是世间生命之一。它也需要一个让它安定休息的夜。虽然我一直不喜欢黑。大地整个黑下来,一个城市也黑下来,一个人晚了回到家的时候，家里也是黑的，灯一只也没有开起来，那种感觉，我会觉得有恐惧的气息。然而，这夜的黑，也给人带来被笼罩和庇护之感。是在向一个白天过度时，能够直接获取的，那些刹那的停一下、能等一等想等的人或事的力量——在黑夜中，在能够把自己展开休息的时候，就是那所有失掉的力量重回身体的时候。

小时候，我家里种了很多花，总是一早起，趴在窗台上，就看到它们开。刺梅、芍药、大丽菊、胭脂豆、牡丹、小桃红、步步高、凤仙、菊花。每一季有每一季的花，早上开了五朵的牡丹，一个白天过来到了晚上，它一定还是五朵，只有再过上一个夜，它才会在夜里，变成六朵或七朵。随着一个个夜晚来临，所有花苞依次打开，然后再慢慢地依次落去。有时就是白天，一阵风吹过，眼看着它萎下花瓣，有时是早晨醒来，看到昨天好好的一朵花，忽然已不再鲜亮。

大雪还没有抵达这个城市上空，但冬天从陆路先来了。黄昏日渐清冷，街上行人亦少，淮安城里的人家，不习惯用炉火取暖。四处所见，全是空调室外机隆隆响着。而空调，也只是十几年内才有的事物。空调外壁挂机的声音和吹出的风，贴近经过，都不让人舒服。一些被这些外挂机挨着或对着的树，两三年都长不起来。

晚自习仍然是九点半下，但教室开放到十点半。和我所住的单元楼隔一道墙的淮中教室，一年四季不论冬夏，每晚都是灯火通明。我房子里的电热毯、空调都已被我打开——冬天因为它们而开始了。虽然这些暖，有机械的气味，干燥，缺乏情理，但总是不让这一间房子四处摸起来都是凉的了。

3 能 耐

白天,一个无意的机会,小女孩请我看她写自己爷爷的文字,她这份文字,是为配她自己拍的纪录片。这位爷爷是清江市民间一位老中医,她是学影像专业的学生。爷爷生了重病。她假期回淮跟拍了爷爷,做了一个纪录片。这是一个淮阴城里的普通老人。

周末,我去拜会这位爷爷。爷爷正给他的邻居用针灸治胃痛。那是青年路上的一栋旧房子,属城北地带。典型的本地建筑,窗子很小,砖木结构,墙壁比北方房子薄很多,天冷了,窗缝也并不用纸糊严,感觉四处透风。

爷爷有一把跟了他大半生的二胡,小姑娘说他会唱所有苏北小调,一些抗战时期的小曲,他仍时常唱。小姑娘想补拍一个爷爷针灸的镜头,请我当群众演员。我坐在小板凳上,爷爷的银针扎过来,我还是疼了一下。在此之前,我体验过淮上另一位名中医的手法,这次再来体会爷爷的,觉得大家手法自是各有心得,对于穴位之把握,却都是不差毫厘。

淮安民间，有很多身怀技艺的老人，编竹器的，修木桶的，扎纸活的，有时在街边遇上，我总会坐下来，看他们一会。对于一些小手艺，在被工业产品取代后——比如用竹柳编的一些器物，渐渐地，都从我们的生活里消失了。不就是一只篮子、一只竹匾吗，我们再无那样的耐心去等人家帮编一只这样的东西了。而且，自塑料制品出现以后，就觉得它们也不美了，也不耐用了。我们每天总是轻易就陷于很多杂芜事件中，好像每一件事，都是须要以飞快的速度完成，否则，也就没有去完成的必要了。

这次去，记了这位爷爷的几句话，问他出处，他说也只是听家里上人所念。此地谓长辈老人为上人。这几句话是：

有有无无能耐烦，劳劳碌碌几时闲，人情曲曲弯弯水，事事重重叠叠山，古古今今多更改，生生死死有循环，将将就就随时过，苦苦甜甜命这般。

当时我记下这几句话时，问他可是这些字，他却只道是小时听人念，不知出处，亦不知是哪些字。

这些老人，两三代后，就连自己后人，也可能不再记得他们——名姓、生死年庚、一生有何喜恶，都会忘记。这街上的人，也常把一个人有技艺、某种本领，称之为有“能耐”。这一个词，分开以字解，“能”是才干，能量，擅长，能够；“耐”是忍受。突然地在另一个层面懂了这个词。

4　消耗我的和庇护我的

棉衣终于翻出来了。我从楼下过，看到枣树、梧桐、葡萄，都落尽了叶子。而那些柳树、榉树、大叶黄杨，还是绿茵茵的。那些绿色，跟我一起，又从一个四季走过。我天天从它身边经过，它们长叶，长年轮，从不避我，看我一定早似家人。

天这样冷，但太阳一直好。因为天冷，我看很多事物都是冷的，路面，街上店铺的门，窗子上的大玻璃，所以，太阳即使在，照着它们，也使我觉得它们是凉的。

上午得到一个消息，我住在另一个城市的短修班学友，还没来得及生一个宝宝，就生病了。她再也不会有一个宝宝了。我不知在这里写及，是不是会伤害她对我的信任。但我心里，听到这个事情，一直不安，放了一件重物在心的感觉。

还好，还有生命啊，还可以视万物为子啊，这些安慰，都苍白，事件中心的人的难过，外人无法帮助承担。不遭遇同样境遇，不可以深切体会那份心。

一位朋友的兄弟，这些天突然重病，已在临行状态。平素看起来那样健康的人，病痛却说来就来了。晚上，又听到另一个消息，一位很熟悉的人，也在体检中被确认有状况，正不知要如何对付漫漫的求医生活。她给每一个好友发信息留言，劝大家珍重身体。

一个人活着，总是会遇上这样那样的事情，我也是一时清醒一时糊涂地向前过着，很多事过心，却禁不得细想。也只有在对付不掉的那部分事情里，慢慢了解到，没有缺失的生命从不是为人而准备。

寒寒暖暖多珍重，风风雨雨莫心愁。愿每一位认识或不认识的人，都有一点私心，会保重自己。生命从不是自己的，它的大部分都将交付于我们之外的他人。

晚上从街上回来的时候，风已经起来。上午是会议，没有午休，有些会，也无特别深意，只是一种聚议。我从湖边过，空间里全是水的清凉。月亮很亮，一刹那，我是记不得这一天我是怎么过的了。

这一天于我的一年，是怎样的一天。是多少个这样没意义的一天在消耗我，完成我。然而，不管我过得好与不好，怎么过去的，这一天都已不在。

5　每一个女人做母亲的样子

我以前听《拔根芦柴花》，以为只要是江南江北之地，都是歌中的水边湿地景象。但到了近处，才知道并不是这样，这儿也有平原，有山地，有其他很多植物。还有《九九艳阳天》，歌中春天的明艳也总难让我与所见发生联系——虽然这城市的郊外种了无数亩小麦，人家房前屋后种了无数的蚕豆。对本地之人，这些实不是惊艳之物。

近日，我去无锡。我并不知道无锡是怎样的诱惑到我。只是，有一次，忽然在火车上，我听到《无锡景》：

> 我有一段情，唱把个诸公听，诸公啊，各位静呀静静心，听我来唱啊唱一只无锡景，细细啊细细到到唱把个诸公听。

这些词字之间间下的这些“啊呀”之字，真是让每一个句子都软下去，甚至产生了甜。我当时没有听懂它到底说了什么。然而，我一下有了去一下这个城市的想法。我竟一下觉得一个无锡城若有性别，必是女性身份。它一定是美的，时光在这里，也必是扭扭转转，过得很美艳。

这一次去无锡，来去匆匆只是一天。在无锡，我哪儿也没去。我只在街上走了一走，可我已十分笃定似的，找到了《无锡景》中的气息，那么绵软，甜兮兮，向每一个过客都撒着娇的样子。晚上尝无锡菜，也是绵和甜的。我想得一点没错：同一块土里，长出的一切，都是相像的。一个母亲生出的孩子，血肉中相联系的部分不是外在的，内在的精气神是无法改动的，土豆样子还是花生样子那样，是一下可以区分的。数不清共同的基因密码，使这大地之上某块土地上一切有神似，包含人，也包含物。有气息的生物、没有气息的物将同被赋予。

回来过南京。更是觉得一城有一城的气息和格局。南京的气里有王气。每一个城市，若以母亲比拟，都是一个不同的女人。每一个女人做母亲的样子，也自是有不同罢。

我所住这一座城，因为韩信住过，看起来，有将兵的男子气。作为女人，都是崇敬有非凡军事才华的男人的，但我并不崇拜他。一是因为没有见过，他的时代还没有照相技术，是连照片也没见过的一个人。二是他即使与我同代，我直觉我们的轨迹也不会有交集。有一年，我顺路过乌江，访过项羽在那儿的一个祠堂。韩信钓台近在我隔壁城隅，但我至今还没有去过。一个人被写进历史时，总有不客观公允的评述在其间，我们所见的隔代的人，都是史官笔下的人，从真实之人到文字，再到另一个人这儿，总会发生偏差，也许这就是世人所谓因缘。

我们的民族是钟情于完整全面记录各类历史的，我所住的这一座城，后来，又住过很多人，被很多人赋予过精气。但它最好的部分，不好的部分，是什么，我住得越久，越无法简短直观地描述。

6 晒秋菜

一件衬衫外加一件棉衣，在家里不动还是冷的。因为觉得还不可以到须要整天开空调的时候，又没有炭可以生火，所以，这屋子里，是透彻的冷。下午阳光好，一个人出去走。昨晚我从单位走回天津路这个房子居然走了三个多小时。逢店就进，左看看，右看看，真觉得大街上不知比健身会所敞亮了多少。

街上很多晒秋菜的，多是白菜。前面一个月，我看到很多人家晒的是长的豆角、茄子、葫芦，那些菜和秋天的空气、阳光慢慢做着交换，它们把自身的汁液、水分一点点放进阳光，阳光也把自己明媚清新的甜交给它们。这些菜，冬天时，和肉烧，菜有肉的味道；而在一钵肉汤里，它们所有夏天的气息重新舒展开，它们又是它们自己了。

江北人家，家家在这个时节开始腌制小菜。那些绿的、红的萝卜，青青的雪菜，仿佛，一代一代前仆后继过着的人间烟火日子，总是要依赖一些食物求得印证。

老的常见的平房和院子，街上不多见了，但偶尔抬头，也会看到一个女人在往阳台上吊一串待晒的小菜。这时，只觉生活中一切的美满安定不过如此。这些景象，我希望是始自世界开始的第一天，如果有结束，我希望最后的一天，最好，那些焦虑、烦躁和绝望的人，仅仅能因为看到这样的最初世象，而获得安抚。

我有时会奇怪我怎么可以在一个地方住那么久。实际，在我，在哪儿都是一样，我越来越变得沉默，曾经那么喜欢和向往热闹的心一点点减去。对单调的每天重复的工作发生喜欢，不会分心想，自己本来该逃开，去做另一件事。我会专注于一件事情，直到做完。不管这一件事多么枯燥，对自己产生消耗。这一座城，我可能也会住下去，直到我老。

7 方　言

一种民间艺术若能得以持久留传，里面一定会混合上当地泥土气息和生老仪式的味道。我幼居一个大家庭中，对很多民间艺术并不陌生。现在所住这个江北小城，虽然住了十五六年之久，可之间还是隔着很多事物。其一是方言，小一些的孩子在学校里学的都是普通话，但一回了家，还是会说方言的。上一些年纪的人，是不会说普通话的，听他们说话，我基本靠猜。对于方言发出如此敬畏，于我，在我知道这世上有方言这种事物存在时就开始了。

方言是一种奇异的存在。我喜欢听人家说方言时那份只有本地人才解的娱乐神情——它若有一个不透风的围栏，是一种密码和通行的令牌，不会说这个密语的人，是进不去的。这是一个地域社会文化中最外围的一道门，这种强大的、又近于虚拟的屏障，却有一滴外地的水也泼不进去的严实，它密不透风地只把自己的人围进去。它排外，四处是它落地生根转眼而起的抗拒力，是自然存在，不是它刻意的抵御。

我到每一个地方，听到方言，我会觉得我真的是到过这里。在我，方言于文明进程有着无可言说的意义，它是一块土地自己的语言，唯有这些语言，能接近宗祖灵魂和一座座就要被忘记的宗祠里面所记取的一切。

沒有故乡沒有家谱的人，是不太能理解的。一个人，就如树木一样，也是要有根的，有来由和出处。一个人在世上，无论活得多麼好，走了多麼远，他都会有一个根与他的出处联系着，这个根，也许是他对某种饮食的一种偏爱，也可能是他说话的口音。所以，我每每弯腰在一些淮上的老人家面前坐下来，听他们开口讲话，我就知道，这个城市，我无论住上多久，都将是一个过客。一个人与一块土地的血肉相融，在它出生之日就已完成，若能延续至童年终结，那更已是根须直入性灵，再无人力可拔除和剥离。

8　冬至日

淮安城里的冬至，对每一家每一姓都是重要。哪一家都有已逝的亲人，忙忙碌碌的一年，不是到春节才到尾，到了冬至，就觉得是一年已真正过掉一样。

过了一年，过得几乎忘记那些已先行的亲人了。他们过得怎样，生死真是隔世了吗？哪一天，是我们再次和他们对话的日子？清明天暖时，正是一年大忙要开始。春节虽然在冷天，但一堆杂事。唯有冬至，这一天，才有些安闲，能沉下心和他们互道一声问候。备下菜、水果、香烛纸火，备下薄酒，在这个日子，仿佛他们没死，他们又回到我们的生活中了。

所以在二十四个节气中，体贴地安排下冬至。因为天冷了，生死之间一定要通一个问候。

冬至，也是往春天上数的开始：一九二九不出手，三九四九冰上走，五九六九河边看柳。一九九数下来，数到六九，然后是七九。这城里进了七九，那春天就要从某一棵柳树的绿中回来了。

再然后，是八九，九九。又一轮春耕春种开始。一年算起来，也是禁不起人过的。

淮安城里，有冰的日子本就并不多，有也是薄薄的。有时在里运河上过，河水之上似乎也结了冰，但冰上是不能走人的。那冰的厚度不足以承重。有一次，我看到一只小狗调皮地走到冰上去了，走着走着，它以为这冰已经有着路的结实，可是扑通，它还是掉水里去了。我看得想笑，它沉到水里，毛全湿了。好在那小狗会游水，不一会，扑通扑通游上来了。

乡下，可能会比城里冷些，因为四围是旷野，无遮无拦，不像这城市里，高楼多，又密，人也多，四处是人，再多再大的风吹进来，都会被匀分开去，一层楼一层人地经过之后，它也总是沾了这些楼和人身上的热气。

我一直希望在冬天里去一些乡村，看看冬天，它在空旷的地方是怎样的样子。然而，总是一年一年没有实现。

冬至吃饺子，是整个江北地域大多数民众所守的乡俗。淮阴城里这一天很多人家是吃饺子的，他们称之为吃"弯弯顺"——人生弯了再顺，即使有弯也会顺。这饺子又像元宝，吃饺子只是吃一只只金的银的元宝罢。

二院门口的饺子店，实在不像个店，四处漏风，但这样的店居然也开上十几年了。白菜肉的，荠菜肉的，韭菜肉的，芹菜肉的，小青菜肉的，还有划是肉的——这个"划"是方言，意为全部，但我不知是不是这个字。这样的小店，单卖饺子。数下来，有七八个品种。

每天一到下午，就开张了。开始“呼嘟嘟”地烧开水，剁菜剁肉，热气腾腾地煮饺子。淮阴人吃饺子，所蘸调料为醋。偶尔加芝麻油、辣椒酱，而且喜欢连汤带水盛出来，吃馄饨那样的吃法。不是北方那样，或者蒸，或者水煮——水煮之后，用漏勺捞出沥去水。或者再在冷水里过一遍，晾一晾再吃。

我这人偶尔喜欢一个人赶些小场子，觉得既然冬至要吃饺子，我必然不要错过。可惜晚上想起来时，街上已是灯火初上，八点的样子了。又逢加班，回得迟。没开车也没骑单车，我决定坐一段公交车再步行。公交车上仍很拥挤，不知为什么有那么多晚归如我的人。

我从西大院天桥站坐上一路车，到西大街下车，向前走二十米，走进了这二院边的水饺店。

这店我亦是常来，掌柜师傅看到我亦只似看到家中小妹下班回家一样。他知我不挑，不拘他有哪种，只将现有包出的下锅就好。这掌柜平时话亦不多，只是奇怪我今天如何来得迟。我说忽然想起冬至要吃饺子，就过来了。

他居然忙得昏了头似的，说：看我，本来早上是知道今天是冬至的，一下午过来居然忘了，你不说可能忘光光了，家里黄纸都没买。

我知他小店开得辛苦，一早采办各色菜肉、调料、面粉，中午忙洗菜、剁肉、和面、调菜馅，下午三四点就要开店。虽然有三四个人帮着，但还是一时不得清闲。他要负责采办、调馅和煮，然后兼做会计收钱。一天一天，这店不知不觉就开上了十五六年。据他自己说，居然除了春节之外，这些年一天不曾歇业停工。他除了菜场以外，家里有大事以外，都在这二十平的店中。不知寒暑更换，只知天热减衣、天冷加衣，有时连日历也来不及看。

吃过这一碗冬至的水饺，我步行向家里走。路边上四处是烧化的黄纸堆。那些人正通过这些纸钱，和亲人通一个久别后的音信。路上到处是人，大人，孩子，提了纸钱，在拢火烧纸。

对于烧纸之事，有人说是冬天了，过世的人也要置一些棉衣，所以要用钱；有人说，只是一个祭祀，天冷了，会更想念亲人。虽然没有到坟上，没有隆重地设下香案，但总要有一个表达他们还没有被忘记的仪式。那坟头，是不可以常去的，生死隔开的人，不可以常触景生情地想念。虽然这路边的仪式简单了些，但水过地皮湿，繁简都是有了一个过场，有了这个过场，心总算是安的。

为着生者的安心和念想，这纸又如何可以省得不烧？一钵净水，一束鲜花，这些，都是可以放进对逝者思念的事物。然而，无论如何，隔了一层黄土了，隔了另一个不在的时光了。我的几个为数不多的好友中，大多双亲皆在，唯有一个，她失去了妈妈。想想，对这样一个孩子，上天待她还是有些薄的，让人心里多少有一点疼。记得小时候，一个远亲孩子偶然来我家，家里人总是紧张，怕我们院里的孩子欺负到人家。大人背里训我们：一定要好好的，一个没有妈妈的孩子，一定要多疼他。

9　一九之末

往常这时候，起床号响过，天已是将亮。然而，现在，外面仍是黑的，节令总是到了冬至了。再过一小会，两小会，也许是三小会，天才会像刚过去的秋天那样，一点点亮了。然后是太阳，金色的、暖洋洋的、焕然一新的出来。邻家的小孩也知道，这个太阳，只是昨天落下去那个。

它落进西边的大海中去进行每天一次的沐浴。然后，笑眯眯地回来，像从不曾离开生活场域的一个人。一直跟着我们一样，睡眠，醒来，迷糊，忧伤，快乐。它孩子一样看着很多不新奇的事物，过了一年再一年，仍旧有着很多奇怪的只有孩子才那样思考的心。成人世界所有的事情，它也一样一样跟着经历，被束缚，遮蔽，挣扎，然后试着独自展开自己。一天一天，不停地交出内心的力量，使它自己能够朝气蓬勃地来到每一个新鲜的时间之中。跟着人的，是这样一个太阳。

已是一九之末。只不过刚进冬天。然而，春天已似离得切近，新年近在眼前。一街上的人，都在高兴地等着岁月派出新年这一天。每一年之中，只有这一天，我们称之为“新年”。一年一年，堆积而为一生。这一天，为什么让这么多人为之赶赴与热爱。这一天，这一个让我们为之赶赴与热爱的人或事物，究终以什么俗世的面目出现？它是否存在，存在何处？我们一年年过来，竟对它从不疑惑。诚心诚意、从始至终以赤子之心为其奉献并将其信赖。这个人，这件事物，这一天，是否一生都不会从我们的生命中消失？

或者，也从不曾真实地出现。

我们只像孩子那样，无忧无虑地单纯地活到衰老，只知道关心衣食饱暖，天然物候，劳动，生息，一直有一颗不去深思生命中一切杂芜之事的不善感的心灵。

从始至终，我从没想过，生在当世，做一个男人好，还是做一个女人好。这是我昨天才从报上看到的社会调查问题之一——在我以为，它的幼稚不足以述诸纸上。我也从没想过，如果还有一世，我要怎样重新来过。对没有经历的或别人的人生我不好奇。

如果生命重新展开一次，我所能会的，可能还是现在这样一个自己。因为做过这样一次自己，将对自己不再生疏，我将能更从容一些面对生命中我没有处理好的事情。在每一个角色所在的位置，站得更好一些。我也会知道怎样再爱别人多一些，也知道怎样去避免一些没办法改变的事情。我还会知道，我怎样把每一天过得更像一天，把每一件事情更认真一些做好，把只有我自己所知道的事情，悄悄地修正到被期待的状态。如果可以，我还将贪心地改写一些人、一些事件，在我生命中出现的时间。

10　从打开自己到慢慢合上

再过一天，就是另一个清晨，二九第三天。又一年开始。它被称为元旦。

我已经有过很多一年之始。在尘埃满眼的人群里，努力有条理，保持鲜活的体力，有初衷和善良——这些正被成年刻意去除的部分。继续对生活投入耐心。新年，它也期许所有人能和亲人每一次都同来。

醒时阳光非常好。那么好，小阳春想在晾台上晒出冬衣的感觉。小寒，大寒，立春，呀，还有三十几天，就是立春了，一个冬天就要过去了。那么快，我从来都抓不住它。他的衣服袖子本来是长得可以当一段丝绦来抓的。

一天的元旦假，给了我可以充分睡眠的时间——一年好像都可以不须要再赖床了。

仿佛是一个被清空洗净的自己，在阳光下舒展开来。

昨天那份对今天的没有把握之心，迟疑，观望，发生的错误，都被昨天留去，那是另一年。那一年之中，每一年都有的一些难过、问题，仍在重复。很多东西到了今天，仍是易碎状态。翻自己的旧笔记，看到这些句子："我看向远方，迷茫一点点蔓延，一个女子无法收拢的它们。"看到："盘膝合掌，向草原要一个承载。"我为写过这样字句的自己羞愧。

对过去的每一天，按理要心存珍惜和感恩。对我做得不妥切之事，我希望可以说一声抱歉，并希望有机会修正误差。我希望在今天下午或傍晚，有空一行行重读一下去年的笔记。我之前从不重读自己写的字，也很少主动解释一些误会。

每一个人，从打开自己到最后慢慢合上，都有艰难。

那些慢慢被我写进纸里的文字，是沉默时的我与我个人生活发生的最亲密的一种联系。我愿意把它看作另一个和我一样活着的人。

每个人都有很多面，不是一个扁平状态。在很多时间段，没有人来忽略不同情绪状态下我们的偏激。一以贯之的人是存在的。但也有随时被外物附着、被外力反射的异常部分。人的主体之外，一些理论上不适宜"人"有的杂质。

我作为一个人，每天的呈现，被人所见是哪些部分，被很多因素影响和确定。所以，我无法也不宜因一事、一念、一两面而对他人做出定义。在人类的成长中，文明赋予人的特性中，还有一些无法去除和剥离的劣质连接，在某种程度上，是这部分决定着我们大多数人核心的生活。

好在，无论一个人被如何定义，都将是短暂的。只是微小或庞大的个人所及范畴内发起的，不是共识。无论这定义是善，还是携了私人恩怨中的恶。被拔高了，还是把个人的某点瑕疵扩大了——人总是有瑕疵的一种存在，这不得不归结于人进化过程中没有避免掉的遗憾。人类史表明，人类总是在对同类的诋毁、倾轧、争斗中发生智力方面的进化，但真正的成长，却只有在互相支持，将心比心的理解中完成。

好在大多数“人”，能始终明确透彻地知道，如何心存善意地活着。这关乎尊严。在这鲜美明净的一年的第一天——且认同这个被世俗定义的第一天，就是简单清洁的一年的开始。

我喜欢这上午的、在阳光里的感觉。像我今天才到这，才开始生活，才开始知道人世本也不够好，但是，它又总是将一些美好的人事推过来，与我遭遇，让这一部分，成为我们认定生命值得一活的所在，而另一部分的存在，只是为让你坚韧。

甘蔗不会两头都甜，你若想有一根甘蔗，也就意味了你若在意它的长度和完整，就必需两头都留下。

11　薄薄十二页

办公桌总是不知不觉被堆满，觉得看过一次还要再看的报纸，没及时看掉的期刊，一本新书，或者一本想重读一次的书，然后是记事本，各类文件，没来得及一次看完的表格，堆着堆着，有可能有些东西就生生在眼前一天天放了一年。因为元旦前一直在开会，下午过来清理，这是每年元旦必有的仪式。新一年开始了，那些东西，不能再那么乱放着跟我到新一年。

我的台历实际也是一个记事本。我每年的新台历，都是选择这种设计成十二页的。台历每一页的每一个日期下，都密密麻麻写了很多字：全是一些须要当天办掉的事情。那是提醒，也是备忘。每一年在换掉它之前，都是有一种十分不舍在里面。我一页一页翻它，第一页是一月，在第一行，我居然写的是：二九第二天。然后是在九号下面，我写：三九第一天。在二十七号下写：五九第一天，春打六九头。然后是一些其他事情，一、二、三地一条条齐齐记在日期之下，想想那些事情，不过是昨天才做过一样，居然就是隔了一年了。一年的光阴只有这薄薄十二页，翻一翻，也就翻过。

今年元旦亦是民间的腊八节。腊八粥，自是没煮，家中人少，不爱吃的食物，哪怕是风俗中约定必吃，一年年下来也不知不觉不再遵奉了——煮上来，白白搭了人工、柴米，端下去丢掉，也心疼。淮中这间临时的房子，既无暖气，又无热水器。黄昏出去洗澡，沿淮中校园往嘉润苑那走，亦是看不出一点新年气象。修自行车的爷爷还在校园东北角，也就是天津路和解放路交会处修着自行车，低着头，静静为一辆车补气。水那么凉，但还是要依凭一盆水和手感找出轮胎的漏洞。东方花园门口那些卖菜的、卖水果的，眼见天黑也还是没收工回家，想着把剩的一些菜、一些水果卖掉。奶茶店、文具店、眼镜店，卖包子的、打烧饼的、卖冷菜的，店门也都一一开着，没有因为这一天是假期而休业。好像这一天只是无数个寻常的一天之一。

过小菜场，还是动了心，想采买各食料，回去煮一锅热热的腊八粥。然后，喝着粥，再同小朋友讲一遍，这样一个先祖留传下的节日，它的由来和意义——何谓节？草木分枝长叶之处，同一物体分作两处之地，事物的决定性部位，还是减省之意？都是。节日，是日子堆积了一段后的停顿与休整，夜是人休息的小处，“节”是人休息的寥廓处。

这些古老民间的风俗和仪式，过着过着不知道为什么都变得不重要了。重要的只是日新月异中的各种发展，技术的进步，追求一体化的生活格局与程式。也许，对人口多些的家庭，还重节日餐食之礼，也只是一次团聚的理由。对于我，一个腊八这样的节日，重要的只是谁和谁还能挤在一起喝那一碗粥的景致。虽然，我的小家，也再回不去一个家里有爷爷奶奶，有叔叔伯伯姑姑，有很多小朋友围着一锅热腾腾的粥的年代了。兄弟姐妹几世同堂的场面，是过去了。洗过澡，一路走去又走回，居然连一声鞭炮的声音也没听到，夜晚的天空里也是连一只礼花也没看到。

这一天和所有的一天一样了。不知被谁的手一伸，轻轻取消了它与其他日子之间的区别。这样的一个一年之开始，真是让我心有不甘。为什么街上的人不把漂亮的衣服穿出来，为什么？难道它不是一个隆重的日子吗？

把去年的台历撕下，放进碎纸机。去年的杂志码整齐，放到旧物收纳箱。那些想看却一拖再拖没看的书，那些没做完的事，规正放好，还是要放在这儿，放在醒目处，放下去。直到我把它们做完。一个新年不会斩断与所有未完之事的联系，一切放在这儿的，都还是要继续下去，和原来一模一样，和昨天，没有任何不同。

12　延安路小菜场

昨日小寒，阳光甚好。今天仍然是个晴得响亮的天气，七点才过，阳光已铺满房间。因为周末，时间充裕，步行去淮中南门后边的延安路小菜场。这个小菜场再过去，隔一条路，就是郊外了。原来还有很多平房，可这一两年一直在拆，拆得只余空地。这个小菜场，因为过去很“别”的感觉，去得不多。只是一些老人，把家里自己种的菜带到这，渐渐聚拢而为市。

我到这里，有时很难过的感觉——很大一堆小青菜，被辛辛苦苦拖来，来了一个同是卖菜的，拿了一个大袋子，装好了，十块二十块的，然后，那些菜就被带走了，带到其他菜场。

这里的菜，都是当季的。因为无事，阳光又好，我在菜场中晃悠了几大圈。买了胡萝卜，一块五一斤；买了菠菜，两块一斤；青萝卜，也是一块五——这一种萝卜不是那大的，一个最重也就两三百克，水分充足，脆嫩，不辣，此地谓之水果萝卜。然后买了猪肉。此地猪肉以猪的颜色分，黑猪、白猪被认为肉质有别，而皆以黑猪为贵。摊主为示明朗，若是地道黑猪，肉皮上都留一点毛给买肉的人审辨。

手里拎了一堆东西，除掉肉，没有几块钱。我常在报上看到市民抱怨菜价，菜价一上来，就四处喊打。可是，这些种菜的人要怎么过呢，他们向谁抱怨？现在的菜农，自分产分田之后，彼此之间联系日少，他们自身与外界之联系也在减少，即使有也是无力之状，他们日渐被这个社会推向边际，已经几不在这个社会层流之内。即使他们之中一部分进入这个城市，所做也多是最基础的体力劳动——没有建立完善的重视与尊重这部分劳动的设计，是这个社会制度设置中的遗憾之一。

一棵菜从一粒种子到成为菜场里的菜，要用去一个人或一家人的多少时间和力量？那菜中所蕴含的汁液——青菜、青豆、菠菜、萝卜……它们身体中这些丰满汁液源源不断地补充着我们身体每天所需的能量，成为力量，成为意志，这个价值计算的法则中要加进良心。忽然有些羞愧，也未免矫情，为我偶尔为自己填置的那些本无太多意义的物品。

13　过掉的，都是在减去

淮上的冬天，离真正北方冬天的气象还是远的。万木萧条，一树一树冰凌花，一树一树雾凇的景象，我一直没有在这个小城中见过。我所见最冷的天，不过是一场大雪之后，厚厚的衣服穿到身上，厚厚积雪的路。那路上的积雪不用扫，过上一两天，遇上一个太阳，它就化了，雪水四处流，像极了北方开河时的样子。四处春将乍暖，阳气生发。所以，很多年，冬天，我竟连一条毛线裤也不穿，就过来了。像今天，二九已过完，再过上十天半月，如果太阳一直好，河边的柳树肯定就会隐隐发青了。

杨树的叶子落尽了，梧桐的叶子也落尽了，这个城市有很多的树，我是不认识的。前天，步行去运河博物馆后面看“清江浦楼”几个字，那楼前一棵大树我就不认得。这城里的树，落叶的有很多，也有很多四季常绿的树。也不是一个北方人常识中的只有松柏二木耐寒。今天，我才注意到，我所在小区里是种了很多香樟的。那香樟的叶子虽然过了秋天，进到现在夜里皆在零下的温度里，仍是鲜活地绿着。我邻居家的老爷爷一生爱树，以前在平房，在院里种。后来住楼房，只买一楼，为了好在自己楼前种棵树。现在，他住了有院子的房子，不仅在小院里种满了树，而且房子旁边小区的空地上，也被他种了树。他有一次很有经验地和我说：结果的树大多是要落叶的，不落叶的树多是不结果的。想一想，确有事实可印证。

一棵树，也是生命。能长大的，有气息的，都是活物，和我们一样。既然和我们一样，就要彼此爱惜，这是因缘。一棵树，仿佛它是永远沉默的，风中雨中，也只是微微被摇撼一下。

一个人呢，有时一个人的沉默比树还深，是恨不得拱进土里的，被泥土埋起来的那种于各种不愿经历之人事的躲藏。或者，盼在这土中，能被重生成一棵树的样子，而不是人的样。

做人，总是艰难，人总比物要敏感，要脆弱易折，还有“情思”这种奇怪的东西负累于形。

每年冬天的一场冷，都是要把一个人冻僵或是过老的一种冷。

小孩子总是盼天快些暖起来，好脱下重重的衣服，可以轻松地跑动起来。从前，我也是这样盼的，我怕冷，又不喜欢多穿衣服。可是，现在，我好像终是老了，我不再抱怨天气。倒是希望每一天，都过得慢一些，每天过的，都是生命。过掉的，都是在减去。

14　中馈录

三九第一天，早晨七点半从古淮河边过，树全是银色了，地也全是银色，一天一地清霜。河上的雾气也是凝固的白——昨夜下霜了，今年还是第一次见到这么大的霜。

太阳从东边升出来，红红的，照得四处是透明的红，透明的金。而过到市区，那路上却是一点霜的踪迹都没有。市区楼群密，缺乏树木中可以呼应的水气，这霜，也是不爱热闹的一个。

上午会议，会开始后溜出，刚出来，信息跟到：逃会了吧。

立即吓一跳，今天怎么一逃会，就被抓到。为了预谋逃会，包也没有带进会场，早上直抱了一个笔记本进来。偏偏手机里很少存号，出来时是四望无人的。一想，既然认识，应是熟悉的人。我回：嘘，亲爱的，小点声。信息再到：你的回信，让我笑了。我再回：嘿嘿，我知道我是惯犯。

前一阵子特别想立志学会煮青鱼，研究过几种菜谱，只是还没试过。之前煮过红烧鲫鱼。我一再声张，让我感觉生活复杂的事物第一个就是鱼，当然我说过还有虾子和鸡。孩子课业繁重，担心她体力，否则家中总是素餐多。中午同事送我一条已经清理洗好的三斤多重的青鱼，拒绝不掉，只有说实话：我从没煮过鲫鱼以外的鱼，也不会自己杀鱼。同事说：你就拿它练一次。

不是没时间和没食材试，只是，我总对有心脏肺腑的活物不忍心，也一直不能接受去食用很多与我们进化太近的生物。所以，主厨多年，一路泼泼洒洒，做出的多是清汤清水的餐食，自己也从没被自己养肥过一次。这一直也是我常遭主人腹诽之处。如此简单地主持家中厨事，确于职位有负。是哪一些事物，能清醒地对我来一番拯救？使我每一天里，都秉持正确打理生活中要务的思想，同时有信心成为一个诸菜都会的女厨。

忽然生了决心，煮一次青鱼。下午浏览了一遍菜谱，晚上八时半开始开工煮鱼。各路调料放齐，约五十分钟煮成功。不会做的一切菜，都值得一试。只是，无限的不忍。

这是我唯一的一次。

15 三九过半

三九过半了，城里的几条河还是没有冻，路上偶尔有那么一点薄冰。太阳不那么好，天也是冷的，厚围巾拿出来了。房子旁边是小区里的人工河，引了古淮河的水过来，所以这水是不流动的，但也是从不在冬天结冰的。我见过的一些北方的河，眼看着它是在流动的，等天冷，也能眼见着它流着流着就冻住了。那样奇异的景象，一直深印我记忆中。

下午，我欺负这河水的不流动，也是正好看到路上有石块，我在河边散步时停下来，向那河里抛石子，看那水怎么就没冻。一块抛进去，一朵大水花，再一块，又一朵，波浪一波一波互相环住。被石块打动的水，哗哗涌起波纹，没有一点被冰封住的迹象。也许心的终如止水，其一也只是寒透，其二是没遇到那粒石子的惊扰与打动。

新历年前很多笔记本上余下的事情，终于差不多清掉了。可我发现，我居然仍是焦虑的。我想了想，这焦虑来自三方面：一是心里有事时会怕到人多的地方；二是畏惧处理那些我不熟悉的复杂事情；三是怕和人说我不想说的话。每遇这些，总是要一遍又一遍在心里不停地攒力量，攒到最后，总是觉得还不够。

要过年了。街上所见，四处是红色包装的各式物品的礼盒，还有爆竹烟花之类，家家都在为过年而采买、除尘。

年，一直是我而外的事物。于我而言，大多的新年时间如果不外出，只用来睡觉。也偶尔会找一本令我愉快的书读一读。春光迟缓的可爱新年，没有一件事比舒服地睡在床上，听鞭炮四处响起，而厨房中飘着喜欢食物的热气更值得。年这一件事，或可与我无关——喜欢过年，但我最喜欢的却是可以只站到旁边，或只趴在窗口，看别人家家户户过年、忙年，大呼小叫着，满屋滚着厨房的热气，人人都穿了新衣裳，哪怕站在灶火前被烟火熏着。

我对一切，都没有那么钟爱和期待赶赴之心。

16　在长度中减除

因为住处和学校一墙之隔，每天看到最多的就是孩子。男孩抱着足球、篮球、书本。女孩也跳着、笑着，互相追着在操场，在走廊，在楼梯上跑动。我有时就在阳台上，沉默地看着他们。是一伸手，就可以抓到他们当中一个两个的距离。而在早晨，也一并看到阳光。在夜晚看到星星，一颗，两颗……因为地处城郊，楼房不密集而高，离工业工厂多的开发区远，只要晴朗的夜，都还是可以看到星星。

天非常暖，我疑心春天要来的样子。下午的风为什么那么暖，是不是它因为爱上了一件新年中的事物而变得温柔。街上已是十足的新年气象，卖春联、窗花的，卖黄纸钱的，卖纸折的金元宝的……这是为每一天都有的新生，为每一天都有的流逝而备。这是尘世，对它有多长的耐心，它就给你多长的遗憾。

每一天我们所等，近的是一个明天，远一点就是一个新年。新年是在生命长度中放下的一个“节”，生命有多长，要以过了多少个“节”计。这个“节”，在很多意义上，和“坎”同义。

每一次所等来的明天，有时也并不值得喜悦。细细看，它只是加重了生命背面的阴影——每过掉的一天，只是在生命的长度中又减除下一天。

可是，每一天，还是要好好地、心怀喜欢地过。成人更要明白此要义，这是生命中最基本的风度。虽然从来没有人可以预知命运。也许小孩子们会被教育：今天要好好努力，你的今天可以隐现你的明天。

成长就是失去，这句话中的“失去”二字之意，除了是每一天都在减除的生命的长度，对其他，也都在处于“失去”之中。随着时日之增，人的年岁上来，物质置办得也越来越多，家资愈见丰厚，这看似的增，多半由年岁之增长熬得。

又譬如一路成长所结识下的一些知交，一些偶然相识的人——大多只是一起走一段路、一会路而已。每一次相逢，然后俯首道别，说再见，这个再见说过，然后被各自的生活隔开，一年，两年，转眼之间之事。一些失散，多是永远之失散。

一些人，也许因为各种机缘得以再见，能够再见的，我们谓之有缘，宿命论者会认为一些人事之间所有可以发生的联系，是命运安排，而这“缘”字，本也有顺之意，一切要顺命而相求。所以这缘，才被分为好恶两类。

而命，它只是一种活力的聚积。是生存之能力，是事物发展中所趋向之处。在此之中，学会敬畏与服从，对天地自然。“命”在汉语中的写法，上面一个“人”字，下一横，再一个“叩”字。就是一个人若要有“命”，再怎么自己横，遇到别人横，都必要在上天之下弯下腰来，在天意之下做自己的各种取舍与抉择。

诸物如是。

所有人来时之路相同，经行之处，纵有千万岔路分而行走，最后也将合一。一切并不特别无法预知。

到一个地方，觉得很好，还可以再来一次，但是慢慢地，却再没有机会和心力重温。一件衣裳，很美，当时错过，也就错过，也许不是再见不到，而是隔了时间，穿上那件衣服却再不觉得美了。

旧历十二月二十二，明天二十三，北方的小年。淮上没有过腊月二十三的习俗，此地所谓小年，是在大年之后，正月初五那天。

“年”于一个家庭的意义，除了团聚，大多是大人为小孩过的。让小孩有理由向大人要一个礼物，同时让不好意思的大人放下羞怯、某些禁忌，向帮助过自己的人说一声感谢。

小孩们，每一天，都会盼时间过得快些，让他们能够成为像我们一样的大人。如果有一些时间在他们看来过得有些慢了，那一定是“年”应许了我的愿——我总不愿时间过得快。我若可以再许一愿，我愿我的孩子们不要抱怨时间偏心。

他们终会懂，无论时间怎么被我所祈祷而流失减慢，他们终会长大。

17 又一场冬雨

又下起雨了，真像冬天要来时的第一场雨。昨天那么暖，早起立即减掉了棉衣，傍晚回到家，才觉得有一点寒意。早上起来，天是阴的，以为有一场小雪会到，然而，等到午后，仍是一场雨，慢慢地下来。沾衣欲湿，杏花初成时节的雨，有那样的感觉，春天，一天一天近了的感觉。

单位隔壁的小学校放寒假了，那么多小孩子，一忽地散去，使每天下午这个放学时间，一下变得幽静绵长，变得空旷。雨在天空中慢慢地飘着，飘够了才轻落到地上。

每一年，都有一些这样的午后，那么细小的带着暖意的雨下起来，可以不用带一把伞地走到雨中来。雨也是可以让一颗僵硬的心变柔软的事物。人的头发、衣裳，都被慢慢淋湿。整个一条街、一座城都被它漂洗。走在被它清洗过的街上，有一下子被一件温暖的事情所打动的感觉。又有一刹那，是被谁的一双手端端正正将我固定在时间里的感觉。

这样的时辰，不愿和一切相忘于江湖。只愿有一个新我自旧我中蜕壳而出——蜕掉所有被自己所厌倦的部分，能重新有力量轻盈地深入尘事中污损之处，并放弃对一些嫌恶之事的抵抗。我要多有几个小孩，我将给他们每个起一个有祖先姓氏的名字，他们是季节、植物，是雨雪沙尘，是有机会实现的生命的更多可能。他们将在浩荡时间中挑拣出自己的生活，在与爱着的事物擦肩而过时，有力量抓取，也有度量服从。

生而为人，必被很多他人、很多复杂世事所托付，这是生活显得琐碎和牵绊丛丛的本源。在那些不停息地生出的四方交错的纠葛中，一些看起来不算太好的日子，也要昂了头，把它掀过去。

18　冬正深

外面仍是夜，连接白天的部分是稀薄而透明的灰。街灯因为没有各种声音的惊扰而更平和安定，那光亮，那么静而清幽。

这是一座又近新年的城市，一城的人陪着它又走过了一个四季轮回。这一城人，有终其一生从没去过百里之外的老人，也有一些不停歇地向外旅行着的本地人，也有到来的外乡人。对于比较喜欢安静的人，这真是一座可以留下来住住的城。多年前，几条公路和电话线，几乎是它和外界所有的联系。

我亦不是在本地出生成长，这使我合情合理地避离了一些热闹和欢聚，亦使我能很容易从非常状态中迅速逃回原来的自己。我赞成人在每一个时间段中，都应向往人群。但进得人群之间，也要看到是否有隙可以退得出来。

生的遗憾之处不在于它总以死亡来终结。在于它确如一次旅行，途中遇到很多可爱之事物，收不进行囊，也无法将其另行托付。遇见很多心仪风物，我亦只能做一次途经于此的痴情看客。遇到更喜欢的气候、房屋,遇到可以以赤子之心相见的知己,遇到,只是让我知道这些会有,然后继续这一场旅行。一生一世那么久,为一个人、一件事、一处风景而留,在每个人那都艰难。

冬天正深下去,深下去时,也是它将回暖了。一个将来的春节正等着来给这一年收尾。然后,开始下一年。这时候,很多人愿意,回一次家。回到故乡——如果存在故乡这种事物,看一看小时候看过的事物,看一看那些正将衰老的亲人,回到自己曾经流着泪水掩埋过亲人的土地——那里,也是我们将来永眠的地方罢。

现实中,仿佛很多事物都难以经过一个冬天。

冬天,总是一个让人感觉接近死亡的季节,那些冬眠,有死亡安静的气息。也总有亲人的辞世,是在冬天。

等来春天,我们给那欢聚的一日,起名为春节——让那带着无限鲜活的新生气息的名字,覆盖那感觉中苍白失血的冬天的大地。仿佛是我,是每一个女人,又新生了一个婴儿。她把那婴儿抱出来,献给那婴儿的父亲,让一双失去力量的双臂,因为拥抱一个婴儿而重生出信任一切的力量,相信这新生乳儿带来的所有关于生命和轮回的启示。相信这世间,我,我们每一人,内心都有一个父亲,一个坚定、温柔、有诚意的爱人。唯有他,使我们知道,我们自己,是可以清亮地面对繁复的生活和命运的。如果光阴给过我们一件可以安心收下的礼物,那就是:四季一直在不知疲倦地交替呈现,只要你守在一地,在原处等,它不会缺席。

19　终于雌雄同体

下午多喝的一杯咖啡，让我在这个静寂之夜，和窗外万物相对而坐。我开了灯，在灯下，无言看向窗外。

已经四九第二天。这一年的时间都去了哪里？上一个周末，我在一本书上签名，签下的日期居然写错。

此时，我仿佛坐在一列晚点的夜行的车上，听到铁轨轰鸣，它责我时岁虚度，亦原谅我时至今日，有时仍是一颗不成熟的心看世。感谢一本一本堆在桌子上床边上的书，它们对我的朝夕陪伴，陪我耐心而平静地清理工作和生活中每天到来的杂事，并在这中间给我留歇息的缝隙。它们使我生出对人的信任和依赖，偶尔也给予我牵引，使我能专注对付那一件一件须要我做和我该去做的事，并做好。那些事于我，仿佛桌上的灰尘，今天拭过，明天还来。让我在这些事情中变成心无抱怨的成人。

我接纳和承担它们，并在其中深埋下自己。在这些往复和循环中，我看到无数谦卑的与一棵树、一件器物无别的人，同赴枯荣辗转，生长枝蔓和根须，在风里雨里被敲打和灌溉，被损耗也因此坚韧，被一切削蚀反也被擦得明亮。

过去的每一年，在更换台历的时候，我都有一点难过，但也平淡。那是我看清了到底是什么在鲜明地带来衰老。我也被带向了成熟和冷漠。对一切事物不再尽存悲悯，天地的庄重和辽阔，有时并不符合和接近我的期望。我不再纠结于自己始于何处，终于哪里。

一栋在林木旁的房屋，放着的我的小半生，在有力量的时候，我也没有把愿望去稍微地实现。我的愿望仔细想来，也没有那么多。照顾好责任中我须要照顾好的人，做好我须做好的工作，做一个世俗定义中的人，即可。

于人生和这个世界，我没有那么深切的爱，也无深切的不喜欢。人来人往中，大家都是站台上等着一列车的小孩。去的地方自己心里也许早就清楚，但是否有一列车，可以带我们去更远和奇异之处？也许想过，但这一念想想也就放下了。觉得只是一百年，去向哪里，和哪些人同行，坐什么样的座位，全程站着或者是全程睡一张豪华软席，都并无太多不可忍耐。内心一时的一点悲伤感受，终有另外一时的一个感受将它覆盖。

每个生命都是孤独的，无论他在内心以什么与这个世界对应。我们每个，都将在默默的生长中完成自己的一生，成长中所有的经历都只是自己的。也许，会遇到一个人帮遮挡分担，但是，最后真正承担了它们的，仍是我们自己。

想给自己写一封长信，在这样的夜晚，倾诉一下生死、是非。或许，只是想收到一封长信。一个人活这一生，未必就非得需要守护和照看。

能一直牵引一个人前行，让一个人对他完全信任和依赖——你一直抬着头，向他走去的这样一个人，不会是别人，只会是在未来时间中终于成熟的、另一个时间段的自己。

所谓成熟，只是一个人终于雌雄同体。

在这个夜晚，不知为什么忽然泪流满面。不是看了哪一本书，也不是想到了哪一件事情。好多年，都没有哭过了，好多年了，一直过得那么坚定，那么专注地守着工作和一个母亲的职位，每天忙碌地欣欣向荣地活着。从不过生日，所以也开始不记年纪。只是觉得每一天，都是那么好的一天，不值得为任何一件事一个人悲伤。

写到这，还是打算对新来的一年微笑。愿每一个经过身边的人都更坚韧，更豁达，更辽阔。新的一年，会给每一个人送来一个新的自己。只有这个自己，才会接纳你所有的平凡，接纳一事无成，包容并原谅你曾经和现有的所有不好。只有在他那，你是珍贵而值得敬重的。不要有软弱，也不要恐惧。每一个新来的一天，都是礼物，收下它，只用它盛放值得的人和事。

20 春 节

就是春节了，而我这一个，却没有上街去，只是一到节日就把自己收到家里。书也会偶尔买上一本半本，一次看不完，总是四处带，跟着我，看完了，觉得也没有那么喜欢，就地一放。有些书，看一遍，不会再想看第二遍。再看到，也不亲切。

有时睡前，也会装模作样翻一本书，也不是必看，只是书拿到手里，翻一翻，好像就可以睡得着了。这个仪式的功能好像就是要被它哄一哄，才可以好好睡着似的。

春节前这几天，给住处扫了尘。执家政多年，亦未深悟人情礼往，只是一直以一颗谦虚诚恳心，跟着东邻西舍兼幼年记忆，过着一个又一个日子。逢雨关窗，逢雪闭户生火，采买迎送。每年春节之前的除尘迎新，贴春联，请门神，亦是幼时例，淮上乡俗亦然。年年如此。只似一颗心也一同在一个除尘日，一并被清洗擦拭一次。新年到了，愿人、房屋、街巷，都是新年气象，都有一个新的样子。

21　零下七度

每一餐菜每一盏茶里都可以放进心意——如果一个人活得仔细，不那么任性，必会好好待这喂养着人的谷物菜蔬，将它们一一煮出滋味。很多厨中技艺不易修习，我亦不喜厨中陈列复杂，餐程冗长。

有火，有适合的器具，干净碗碟，有水，有油盐米粮，有简单朴素的菜蔬，在我已是十分好，十分够用。

不管房屋多么小而且旧，书房和床有多么零乱，厨中要有一见愉快的清洁和素净。无论多累，为它及时清洗，用一颗照看幼儿的心意照看它们，这才配得上好好的一天，配得上它们对我们的胃经年累月的曲意陪伴。无论日子过得多旧，心里多乱，希望一张餐桌在每天，都有初入尘世的清新。我每以此安顿我的劳累和茫然。

零下七度。一碗热粥也暖不过来的透心透胃的冷。阳光不好，传说中的雪仍没下到长江北岸。南方的人说起此地，只说是苏北。北方的人说起这个位置却直以为已经是南方，以为我一年四季都可以穿着一条裙子。

这南北分界之地的小城，每年对于寒暖都有着无端的暧昧。若时令到了春天，也是在日历表上，你且莫信它，信它的只是年轻的女孩，早早翻出去年的薄衬衫。等她再长上两岁，她可不会再信这个日历，她会继续把一件厚衣服穿下去，直穿到乡下的油菜花开到萎靡。她对节气的认识有如她对那个曾以痴心相见的恋慕者的朦胧认识，由没心没肝信奉至慢慢学会庄严、谨慎和分析。

我真实的内心从没有期待它快暖，也不期待它不冷，随它心意好了。无非是添一件衣、减一件衣而已。这是造物者的安排。冬天过得长一些，和春天过得长一些，于我们，一年都是固定好的日子。每一个自然段落中，在者，都自有其分。

22 阳 气

打春阳气转，这是打春后第一个早晨。晴天。此刻，一座才醒来的城正等着春天的一缕曙光来临。很多花朵，很多雨水，都已似在到来的路上。有如新一年自今天而真正开始。无数“新我”自今天而生出足以过好以后一年的力量，而所有“有灵”的事物皆能有福有顺有怡然。祝福很多族人，虽然很多族人，也终会相忘于各自的生活和梦想。也终会成为自己而外的每个人的局外人。大大的家族分枝收叶，最后只余父母、兄弟这样的小家格局。

这一城之中，每天有人出生，有人生病，有人死亡。每一天，都有人和人的相逢，也有人在和人产生罅隙。时间是上天给人的“灰暗”礼物之一，有劣质。收了它，很多人自是不当好物。

今天，我再一次去了一个远在三四十里之外的乡下集市，转了小半天。

看到集市上仍是那么多人，仍是纯朴衣着和神色。见到那些因经过又一个冬天，而再一次旧下去的房子和庭院。庭院中只是当季的一些小菜，屋中过了一个新年仍未有新的添置和更换。

集市中物品，并没有因为春节多了很多。只是香烛纸果增加，一些衣服颜色鲜亮，但质地粗糙。可能节前各家都已有采买，陈列只是节前剩货。所以，这年一过，年的气象就四处消散掉了。

小孩子们的新衣服穿过了年，就被大人收起来，又穿上了旧衣服。新衣服要等着开学，或者什么值得穿一件新衣服的日子，再拿出来穿。小孩子一件新衣上身，总是不肯轻易脱下，小孩子是所有人里更爱美的。这新衣服被家长使劲一脱，居然就脱得开线裂缝了。这帮脱衣的大人无耐心，又用力过大，这一用力，也就把年的喜庆之气给一并拉扯掉了。

孩子们的小脸，因终日被大人忧苦于生活的神色感染，一望之下，似已减掉属于孩童的天真神气。我当街抱起一个握着一块包糖的纸在吮的小姑娘，贴住小姑娘的面颊，一句话也没有说。不是怜惜，不是悲悯，只是明白，只是懂得，而又不知怎么说出。我也为我平时乱花钱而又不能和他们穿一样的衣服、吃一样的食物而害羞。虽然，我这样想没资格，也并不是我过得已经怎么好。我只是想说我们所有人都是一样的，是不存在所谓一同为人的意义的区别的。这社会，给所有众生的所谓“爱”和“温暖”还有待均匀。

能虔心种植的——不是被动之驱使，是真实内趋力使然，陪伴那一望无垠的土地的，必将是人世间最贵重的人。喂养我们者，是父母，是大地之上的五谷果蔬，而那五谷果蔬不会凭空长出。

23　十层单不如一层棉

昨天是正月十六，一场强冷空气抵临。厚的棉衣服又被派出来了，把一个个在街上走的小孩裹得鼓鼓的，胖胖的。站在学校门口，我捉了两个光头小孩问：冷不冷。那小孩都只嘻嘻笑着想要逃开，并不回答提问。可那小手，都是凉凉的，红红的。这样不听话不肯多穿衣服的小孩，真捉到了，我也不想要。我喜欢的小孩，是一年四季大多时候都好管理的。

过了年，先是暖了一会。现在又凛然是冬天的状态了。我的头也被冷风冻得晕晕的，觉得人又快僵掉了。一个冬天没拿出来的厚毛衣，看了又看，就是不想穿，觉得穿上了，想脱掉就难了，人对厚衣服的保护是有依赖的。

一生相见很多人，最知心知己的那个，一定是一件贴心的棉衣服——蓬松柔软的棉花，清新贴切的布，细细的针线，十层单不如一层棉。及于人生，很多人，一起走过春天，走过夏天，走到秋天，都很好，可一生里还要有这样一个人，陪我们度过人生的冬天，不言不语传递温度，抵挡风寒。那么鲜明炽烈，但是，不用说出。这样一种感情，是世间最傲然孤单的存在，它是一种来自性命深处的力量，来自能够深深关照，为对方变得透明的没有一丝杂质的灵魂。

我的手边有两三本字典。有时，我并不看书，若我看到好的书，总会停下想，写得这么好，也只是这些字到了这，被排列得好而已。我们用到的字，难道不是全来自这薄薄册页吗？我们短暂热爱过或一生在追逐的游戏，不就是一个个去排列这些孤独的汉字吗？用各种顺序和队列，让它们试着挨到一起，但从不在意它们在一起是否欢愉。每个和每个在一起，都是不同面目。我们让它们成为夫妇、朋友，成为各种复杂或简单关系之一种，我们看尽它们之呈现，我们也为这各种之呈现而磨损或消耗了自己。

偶尔，我们会把那密织若丝罗、若玉簟、若鱼网的字的方阵称为“文章”，称为作品，称为文学，称为艺术，称为思想。这每一词，都那么可以张大到四方，有吞吐的活力。而归根结底，它只是我们排列汉字的技艺，“有意识”为之，或“无意识”为之——循着自己心灵的某次走向，如同雨水不可止抑地洒向了大地，河流无可拦阻地投向了海洋那样，我们差遣着它们，却不知将一个反复推敲中没完成的自己，投在哪里。

中国的汉字，我一直认为是世间最神秘阔绰的存在，好像可以是一个可以藏下宇宙的无形承载，可以藏下一个人所有的蜿蜒曲折。很多字，都很令人奇怪，点点横横而已，却深藏机构无限。比如“场”，居然那么贴心地选了泥土的“土”做偏旁，使它不止有了地气，还有了

“空”，有了完全可以盛下无数事件起讫经过的“器”。又比如今天，那么冷，这个“冷”，就是一个巨大的现“场”，一城人同在其中。大自然是如此均匀地分它的一切给世人，只是使我们更知生命卑微，更能领四季的风雨情重罢了。

24　新闻场地与饭局

昨晚一场聚会，我因为下午吃过东西的原因，从头至尾，只不停地喝了很多白水。现在一些“聚”，也不是以吃食物为要，只是一些人即便同城，有时一年半年也是见不到，约到一起，谈谈不见期间各自的见闻。所以，这城市里，新闻集中的场地多半除了报纸和电台以外，是饭局。它有各类社会或私人新闻在民间做的发布会的意义，兼给各路新闻做口头社论并采集归纳意见。

每日陷于工作和日常事务，很多新闻到我处已是旧闻。这些是每日发生着的各类社会公开事件，或一些个人身上的际遇。我们为什么那么热衷谈一件与自己无关的事情？而不关心这一件事情于己于他有何意义。也许，不必凡事都要用一个意义的方式去确立其存灭。一生在现实中的状况，就是一寸一寸过来的时光中，我们把一根根各种不同质地、长短、粗细的丝，不停地、无端地编进自己肉里的过程。

那些把一件事反反复复做上一生之久的人，那么有耐烦心，那么诚笃，那么让人肃然起敬，但我好像总不能够，偶尔一下可以，且不会一直保持好水准。虽然我能够接受并去尝试一些新鲜事情，在某些人眼里，我也不会获得关键赞成。很多人不愿改变对一个人的了解，觉得麻烦：你是那样就好，一生不变就好，免得以前有的了解被浪费，再次见到时用不上。

细到微小，比如，一个人去年见到时所说，是喜欢骑着一匹马在草原上跑啊跑那种感觉，但再次见到，若还记得这匹马，自然惊喜被记得，但可能这种喜欢已经做过拓展，连那草原也喜欢了。或许，说这话的人已经忘记。一时的一句话，它不是内心的原则，也没有成为就要努力的方向。人的一生，有无数“无意识的一刹那”，现代生活的恶劣，在于那“无意识的一刹那”总会被眼睛的镜头放大，无限放大，并进入流传渠道，被层层附会。

一个不擅长和他人说话的人，更容易陷入生活的“僵局”，而使生活局域变小。为了“生活场地”能有一个虚拟中的扩大——我想，我偶尔写作的初衷里，有这个理由。虽然我常修改理由——不是我擅变，只是我有时对自己也缺了解，得到了其他论证定义自己的新例子。比如，我以前以为不“写作”的理由里，有“情怯”，一个人把什么都往纸上写，总是要有勇气。

“写作”这个事情，如果做一生，也是会伤害人的：那写出的每一个东西，很有可能不存在意义，只是聚会中沉默的人那些没说出口的话。如同一次刺绣，不一定每一次所选之布、花绷、图案、丝线，都那么好。说“写作”不须为取悦读者而写时，一是彼时的负气自恋倾向，二是信心已足够强大，三是只自己看到即可，不与任何读者“同看”——人生本就独行，很多不堪处，更怕多看客。

25 住遍淮安城

早上阳光好。天气真是小孩，一会晴一会阴。我把所有被子拖到阳台上，再不晒，觉得那被子都像菜一样蔫掉了。最喜欢阳光和清水了，把生活中所有陈旧的、用毛糙的东西，清洗一遍的感觉最好了。那会以为：生活又是新的了，活下去的希望又来了，窗子又擦亮了，地板、箱子，统统放弃旧状态而变得让人看了喜悦了。

目前住着的只是一个小房子，但和我住过的另外几处房子比，它不知新了多少。我真是不恐惧折腾。我居然在十多年里搬过七八次家。我像一棵大向日葵，跟着我的单位、幼儿园、学校一路搬。

我的理论是，搬一次家只不过累几天，成果却是可以在相当长时间内舒服地享受靠近学校、食堂、单位的便利。我住过的房子里，数一数，其中有五处是租的老旧的宿舍、民宅，还是一会住得成一会住不成的。其中有两次搬家，只不过是隔了几栋楼的搬。

算一算，我本来可以少搬两次，但我在淮中边上定的房子，开发商居然比约定迟交了三年——这三年不是一下告知的，是六个月、七个月地一次说一个时间，结果，是三年。不过还好，只是三年。我并不觉得太长，要是三十年，我真会被气得生病。

每一天都过得像人生的第一天的感觉真好：菜是新的，米是新的，被子是才洗过的，床单也是。我从不留陈菜陈饭，每天都尽量少做一点，不够用水果生菜来补。把家里的人都喂肥的感觉也并不好，这样，也才会觉得每一天都是轻盈的。

天若下雨下雪也很好，只是时间不能太长。长到让我感觉日子同它一起变得黏滋嗒嗒的——哈，这个黏滋嗒嗒是方言，有时不用方言真的难以说清太阳月亮诸星宿在本地的态度。

我想，将来无论我这个人多老了，也要因为生活中有新鲜和清洁而觉人生还可贪恋。觉得比之一切，越老，越要用有尊严的、鲜美的生活来与我们老旧下去的生命做对应。所有可以摒弃的不堪，当都不足以与我相配。日子在我这，它会从始至老每天，都是刚从一盆清洁的洗澡水中捞起来的婴儿那样。

郁闷枯燥时，我直视劳动为运动。这使我在一堆杂事前不至于张牙踢爪、披头散发状如女巫。只要还有足够的清水，足够晾好衣服鞋袜的阳光，有好用的拖布——有一只好拖布不知要提升多少幸福感。兼有足够更换的被套床单。有这些，我就会在一场对事物的清洗中找回那个还可以忍耐的自己。我受不了时日堆积之下把家过老掉，层层渗出腐朽气息的那些人们。

一座久不清理的房子，人也会随之而变旧，变老，变生硬。我不喜欢住在这样房子里的人。从这样的房子走出来，浑身沾着生活中陈旧凝重尘埃堆积的气息。

我不喜欢去这样的人家。打开一扇门，一屋陈腐气息扑面，好像一百年无人居住的样子，天天宴饮却从没有彻底清理掉那些过期食物的气味。每一天吃着的，都是上一餐的剩菜。而那剩菜还放在上一餐用着的碗碟里。永远有一个剩菜在桌上的日子，我是过不了几天就会逃掉的。

以上两条只是我大多时候所想。仅针对有这个力量为之的女人，到此而止。因为做这一切，更需要的，不是心，是一个女人的时间。那些街边一天到晚忙碌的女人，用一个小饭店、一辆人力车帮助家人共患难的女人，哪怕衣服再旧、再破、再尘土横生、再油滴遍布，我也只有心疼和敬重。我能看到她正站在生活的那个位置上。

过得颓靡、涣散、过了一些日子后就对生命再没有了新鲜感，对身边人、周遭事再不注入殷切心，我不喜欢那样的女人。成为那样的女人时，就是一个女人真要死掉的时候，哪怕肉身暂时还光鲜。

26　自我设限

在外人看来，我每天的生活状态基本由这两条线构成：一是在单位和家门间；二是家门和女儿的学校间。我的生活圈子一向狭仄，和外界不太发生交道。在这个城里，我也没有可走动的亲人。小城闭塞，外来者一直少。城东城西的人遇上，几分钟一叙，就能叙出一个共同相识的人。或者，绕几绕，亲戚关系也论出来了。我几乎没有可以论出来的亲戚。

这是个发展得比较迟缓的小城。三十年前，还基本是乡村集镇的状态。又因为交通封闭，局限了它经济、人口、文化状态和与外界的交流沟通。不似一些成熟都市那样，文明意识和交通程度都十分发达。就是这十年，也没有实现外来人不断涌入和本地人能自由离开的常态。

城市空间和设施发展完善到一定程度，直接影响于人的，首先是实现了人际之间的包容与尊重，有让个人足够自在的空隙。一座城的某些部分或某些状态，越看起来大而无当或繁华无当，越于个人生活产生屏障作用。城市内里的楼群密集，交通拥堵，于个人生活，有着阔大心理空间的反作用。信息越密集庞杂于人群越有疏散力。于遇到问题的精神系统，也易形成自我修复格局和给予自我修复时间。这是小城市和大城市鲜明的不同。

对“个人时间”和“空间”设限，我期待实现这样的自主。信息化时代，一部手机的更强大功能，就是把一个“自己”无限地进行了自我打开：任何人、任何事、任何地点都可以进入“自己”，与这个世界时刻保持着关联。

我不喜欢人群密集之处的生活。心理空间每天被事务占用尽的感觉并不是太好。我喜欢每天都可以静那么一会，每周都可以有一次让我静得久一点。之前很多年，我把这个场地选在了图书馆。

在图书馆里，即便碰到熟人，也可以不用寒暄。四围是陌生人。也不需要讲话，只管自己发呆自己干自己的事。

我也一直喜欢在图书馆那一个一个大书架前的感觉，放下了所有内心的骄傲和虚荣，悲伤或者迷惑，与那些厚厚册页对视。此时，时光发生了穿越，我和这些册页之主人好像是同世同代，我们没有隔阂地进行交流。我发现我的脆弱，感到自卑，或者很坚定，都是它们给的。对于年华流逝和人世之无常，现实中遇到的所有挣扎、苦痛，一些与生俱在的性别或命运安下的枷锁，都能在此时变轻。

沉重的虽然仍是生命，但我又一次用这种“对视”灌溉了它。使它回到饱满丰润，没有继续枯败下去。没有随时间随坏的际遇顺流直下，我又一次拉紧了生活的纤绳——这个感觉，在图书馆厚重的、带着旧书灰尘的气息里复苏过来。我没有成为完全不令自己接受的那个人，与这个“对视”有关。我也得以让亲人稍微放心地参与着这个世界。

我走过一架一架的书，各门各类，端然齐楚，我终其一生也不会读完的那么多的书。源源不尽地使我欢愉的好书。在这些册页面前，我有绝望的感觉。也是一滴水望到大海，并也决意一心舍身投入的感觉。也许我过了一生，写了半生，也只不过薄薄一册，两册。之后，被放在这重重书架之间，单薄，微弱。岁月和上苍之手将我和我一生所爱放到一起——我活过的唯一凭证与仪式。

以后的时间中，“我们”同被更久远的时光淘洗，同眠同睡，同被世事人心一次再一次检阅。这样的感觉，总是使我不由自主再一次将右手放到胸口：每一字每一句，一笔一画，皆须三思，并以诚恳珍重，勿为体量，一段一章，皆是经缕，且以深心。

有一些时候——这种时候对我总是存在——我不知道自己须要做什么，或再一次怀疑或向自己再一次追问“活着”的意义或价值的时候。我无人相问，无可选择，无处可去。有时，我只有去到这些高高的、厚厚重重的书架前找回答。像走到一个我所尊敬的，对世事所有无所不知的先知、长辈、知己膝前那样，我单膝伏地或手搭它双膝静静仰视它。或只是默默地和它对望；或只是悄悄在它身边轻轻徘徊走动。然后，慢慢的，那个我喜欢的、我希望能属于我的灵魂重新附体。我再一次重新梳理我了解的一切，重新度量我的无知、我的松散和自我迁就。

很多事情，使我失去过活力，使我涣散，使我枯竭。我在很多时候和情况下都感激着图书馆里那些册页：它带给我的安定，重新量一量自己的勇气，它使我没有彻底浮躁下去。从拿起第一本书到今天，我也遇上了很多其他诱惑，令我沉迷。然而，这“其他”只是丰富了我，而没有强大我，安顿我。

四　一城耐冷人

1　日历翻到雨水这一天

日历翻到“雨水”这一天，再不肯相信有冷的天气。厚衣服统统洗的洗，晒的晒，又是礼拜日，那么漫长的一天，正好清理它们。

中午出去寄邮件，街边无数的树，每一棵每一棵，都依然那么沉静的样子。知道春天就要在一场风中来了。今日以后，春风将带来真正的雨水。阳光、雨水、柔嫩的初生枝叶，仿佛迎来的都是春天与相爱者生下的婴儿。岁月和上苍又一次恩赐给我们一样可以怀抱的礼物，用怎样的一颗心去等来它？用怎样的力量拥抱它？然后，陪伴它。向前去，更深更丰盈的盛夏，更苍老、更坚韧地明了一切人事物理的心爱者宽广的心。

昨晚在联盛国际影院看《地心历险记》。科幻、旅行这样的主题不是我的喜欢。可我喜欢影院——淮安城里接连建起影院，只是这一两年间的事情。我所谓影院，也许在内心，只是一个比茶吧更好的、适合一个人清思独坐的地方。大家四处聚来这里，只是为看一场电影罢。左右都是生人，你一人独享自己的时间，舒服的座椅，没人打扰的安静。而且在目前，这城中还有好多人不太来影院，所以，很多票是卖不完的。我曾经在周二下班时的六点，去看过一场电影。整个影院里只有两三人，大部分的位置是空的，空在那，不知等着谁。还是，谁也不等，只是空空地在那。

我买票喜欢买最后排，最后排没了会选最前排。影院中有些位置，总是空的，好像我的不喜欢也是他人的不喜欢，每见都是那些空位。从没任何人去坐过一样。

我看电影，也基本会选周一到周四的晚餐时间。有时，我只是半眯着眼，看着影片中的景色和人物在眼前晃动挪移，从头到尾到底是什么意思，我有时并没有看懂。有时，我也确不是为看懂而去。我想一个人静会时，就去看一场电影，这只是我静一会心的方式。影院的人周末而外，总不多。除了影院还只是初生事物而外，也有票价的关系——一张票，总是四五十块或更多，那是一袋可以一家人吃上半月的好米，也是半头小猪的价格。

小城由于交通一直不那么好，与外界的物资交流交通成本高，使得这城里物价一直不低，尤其是小城里自己种不出来、长不出来也生产制造不出来的物品，尤其贵。

2 回　来

里运河边上的柳树枯寂了一冬。昨夜一场微雨,淋醒了它。一夜过来,向南的柳枝已拱出小小芽苞,那么鲜嫩,不易被发现,幼弱,像含了一滴淡青色的春的浆液。折下来,剥开它,芯里已绿汪汪,那包藏着的芽心已似有叶的形状。

这雨也又一次为一座有点僵硬下去的城洗尘,像母亲,为她深睡中的幼儿洗澡。因为这一夜雨,四处的街道也变得干净。使我觉得这一座城,自始至终都是纤尘不生,使我忽略了街上无数尾气飞扬的车辆,不分白天和夜晚的喧哗。

春天又从一棵柳树上回来了。它先抵达之地,必是它曾久久留恋之所,去年喜欢过的一座老房子,还是它一直所在的河边。它再一次挥洒它的生机,带动其他事物一起进入春天。这一座城,很多冬天不落叶的绿化树木,在冬天,它们虽然是绿的,但那绿使人看了没有精神,不可止抑地让人生出怜惜。那种绿不是春天这种绿。所有被春天托付过来的植物,在上一个秋天都走了的时候,留下了它们。它们被留下，也似还绿着，然而是绿得寂寞的。

这一座城，四季交替总是界线模糊。让人觉得冬天有的绿，并不透彻。所以，有时我更爱四季分明处。冬天的大地，万里冰封下去，就是冷，就是要凋落尽姹紫嫣红，就是须要生起熊熊炉火，须要相近的人能偎在一起取暖。不暧昧，不生涩，不拖拉，不迷糊。或者，就是没有冬天，就是暖洋洋，就是绿茵茵。而我每一年所见的这一座位于南北分界之地的淮阴城，于季节，真是有无限的犹疑不定，无限的寒暖不明，不舍南方的那一抱暖，又清理不掉仿佛只是成年累月的堆积而生出的冷。

一年一季下来，使女人们的衣服箱子里，厚衣服薄衬衫总有一段长长地堆叠在一起的日子。总是不分明的天气，不分明的衣服穿上半年。

会希望春天快些到吗？它来与不来，实概不与我相关。它来，我这样过着日子，它不来，我也这样，无非把一件厚衣服再多穿一些时日。到来的，不是春天，只是时间。它带来了孩子的成长，亲人的衰老，也许，也带来我们期待中的个人的成熟，冰释了有隔阂的人之间的嫌隙。

因为时间的向前展开，把一切稀释了，使我们注意到更多、更开阔、更值得的事物。然后，它帮我们忘记一些事物，会觉得有一个声音对我们说：花落了也便落了，不必期待它再开同样的花朵。它来了，也便来了，和你说过，来的也不是春天，是你将衰弱。

3　二月初二

二月初二，龙抬头。今年不是龙年，但每年的今天都是真龙抬头之日。龙在画里看过，在传奇里听说，它睡了一冬，醒了，春天也到了，带来雄性征服人心，也放养万物的英气。

小时候，一到二月二，刚起来，早饭还没吃，就先被捉去洗头发，谓之为“洗龙头”。龙头为什么在自己头上，则不知。传统乡俗里，这一天，出嫁的女儿回门。热酒热茶等她回到小时候待过的家。

早上，在菜场边上闲逛，看到卖碗碟的那个人。数年来，他一直拖着一只人力平板车沿街叫卖，偶尔蹲在繁荣路的街口，一件一件把车上的碗碟摆到地上卖。他号称它案前所有器物皆来自景德镇。白白的瓷，一碗一盏都被他拭得晶莹雪亮。碗碟之间的空隙里絮着棉花和稻草，防止它们互相磕碰。他每次介绍他的这些碗碟，都有如在说他的儿女。他看着它们，那么爱惜的样子，但也有着急于将它们换成钱的迫切。

他说：这是我一辈子的来钱道。那神气，就像这些碗碟是他做出来的。

看到一个老式蓝花白地专用来烫白酒的酒壶，觉得很是古朴可心。这种壶是专为喜欢喝热酒的人而备的。我想不起小时候的家里有没有这个，看了再看，放回去，让这卖壶的人不免失望，居然看了这么久而不买。

我只是不想说，这一个壶，我只是不知买给谁。淮上宴饮，酒都是喝凉酒，不用温烫。再冷的天，也是直接倒了冷酒到杯中，不须要先倒入壶中，用热水温一下或煮一煮。此地人饮酒，除了黄酒都不煮热喝，以为酒煮热了就会改味。所以，他们终年喝的酒，黄酒而外，都只是凉的。

放下酒壶，为示慰安，买了几张白瓷蓝花的杯盏垫。然后买菜回家。每一天都是不一样的一天。

每一天中看到的花落、花开，一个人的出生，一个人的离开，都是无数之万一。有心的人看到，无心的人也在看到。每一天都向前奔跑着的，仿佛每一天都要追到一件事情的结局或答案的，只是在衰老。那每一天无事而过的，也在衰老。忙碌的，也在衰老。时间里，有生命的物质，都有着共同宿命。

也许每个人都期待过那生自内心的力量，可以洞悉和承担很多事物的——像大海，藏下了无数的鱼、泥沙、行船、万里波澜；像最高的那座山，一直无言无语立在大地之上，各类植被、沟壑俱在，然而，也许我尽以一生之力也无从登临、归赴。

我的内心，从不是始终柔软、干净、强大。

不到最老的那一天，不会知道自己终究会成为怎样的人。至于是否虚度了时光，是否错过了值得一试的本可以去做的一件事情，都是人生小小的须，可略掉剪除。

4　一城耐冷人

天气报告说，最近有些雾蒙蒙的、没阳光的天气要到周五才结束。看来，我们的棉衣服还要穿。

前几天趁着晴天洗好晒好收好的棉衣，要再次翻出来。长江北岸的冷，是透着冰凉水分的冷。以为冬天很短暂，很快过去，总是长亭送客般以为将其送走，但到了告别之地，又被回送一程。

很多楼房都无采暖设施。多年住下来，住得很难耐烦。一直向往北方人家里那有暖气的房子。这两年，淮安城里新建的一些楼，也开始有供暖系统了。为了能住上有暖气的房子，我一路跟着广告和同事的脚步看新房子，只是为了对付这冬天没遮没盖、无处躲藏的冷。

我连续买了两个传说中可以集中供暖的房子。然后呢，想卖都卖不掉——因为，到现在，我这两处房子，没有一个物业实现诺言供暖，理由是很多人家不用，所以到不了开通供暖设备的比例。

从城里到乡镇，很多人家过冬开开空调也就对付掉了。以前很多年，还不用空调呢，就是一壶炉子上的热水，再加几个热水袋。现在有的人家，一冬仍是不太用空调，但也好好过掉了。

我不喜欢空调制的暖，没法解释的不喜欢。我不知道我们亲爱的这一城的人，居然这么耐冷。岂止是像菊花，都是傲雪的寒梅出身。怎么就你怕冷，别人都不是肉长的？我总是被质问得说不出一句话。人为什么越长越娇气，怕冷就是娇气啊。

晚上听到一个年纪比我小很多的小人议论天气，居然觉得他老道得像先知，他说：看吧，棉衣再穿上十天也能穿，但脱了棉衣，估计过不了几天也就穿衬衫了。

我突然回味过来，这么多年我所见的淮安城，它是没有春天的，过了冬，就是夏，之间相隔，不会超过一个月。

听了这样的话，这样被小孩们说出实情，真是让人觉得生之无趣。本来也知道春天很短的，但总是没有自己说出。

好像我不说，它还在那，有可能变长。但一说出，就好像真的在凭空中，四季就被删减掉了一季。

我本来是喜欢四季之中的每一个季节的。每个都一样喜欢。但在这个江北小城中，我自过了第一次冬天和夏天之后，就再也不喜欢冬天和夏天了。

冬天那么冷，夏天那么晒。尤其夏天，每天晒得人发晕，觉得一朵花开出来就要被晒蔫的感觉。我每天也被晒得蔫蔫的，然而还要干活。因为不喜欢夏天和冬天，我就更喜欢春天和秋天。现在，看来今年的春天确实是没有的。即使有，也是一天半天的。少了的这一季，像我的亲人中，凭空丢掉的一个。

天气不好，人会胡思乱想很多想了就让人生气的事。但天气好一些，又觉得有冬眠的感觉，想把自己一并更深更紧地藏起来，藏到自己忘掉天气不好时所想过的一切。人真是最不可思议的生物之一。如我，每一个冬天都喊冷，可也过来了，没在哪个冬天外逃，也没在哪个冬天气得不过了。

今天，听了小朋友那些令我泄气的于季节的公允之论，更觉得天气的潮湿与阴冷。回到我那等着开通暖气比例数字的房子里，我淡定着坐下，在桌子前冷静地喝了两杯好茶，又包了每份二十个一共五份的水饺放进冰箱。然后，天还没黑透，隔壁校园晚自习的钟声还没响起。我继续坐着，披上一张巨大的绒毯，我开始写这些字……太小的事情，年年如是的天气，只是记下一时一地里，一个女人偶尔的坏情绪罢。

5　春天的最后一个节气

到了谷雨，春天也就过去了。才去果树园看桃花，花谢得差不多了，紫薇花开得正好。添了很多新的树、新的花，也新修了路，和去年春天只隔了三季，我就几乎不认识这里了。

我没有走进去。这几年里，桃花岛区域已经发生了很多变化，它被这城市赋予了新功能。以前只是单纯地以生长种植果木为业，现在，把分到果农家里的树和地收回，把他们在林中的房子也拆掉，让他们搬到统一的楼房里去。然后建了围墙，成为公园，收门票。之前种果树的成为这园里卖票的、打扫卫生的。而本来的树林间空地，四处建起游乐设施。每一处都音乐大开，很吵。

那些树木听到这样的声音，大约也是不喜。这些树总是没有之前那么健壮了。

这一座果园，再不是果园，而只是小孩子游戏的地方了。果园中间部分几乎已经形成一个市场。四处是卖东西的，一个树林中的市场一两年之间竟有了规模。

城市的发展使很多事物都被附注了商业社会的价值。我想,我以后都不会再往这林子中间去。就像一个人在时间中终于发生了变化,我们熟悉的曾经,都不是会被有效保管下的。那发生变化的部分,也是时间让成长中的人事付出的代价。人与所有事物的联系,要维系一生都是艰难的。

何为城,何为市?为了什么,人要聚集到一起而来生活?身在其间,并制定出无数法则,然后遵守它,对抗它。是人与生俱来的惧怕孤独而选择聚集,还是由对大自然的毫无安全感所决定?

而风仪,物质,精神,种种人生牵绊,也来其间汇聚,碰撞,被生发又被毁坏。我们出生,居然难逃的宿命不是自身,而是自身所在的环境。我们自己创造了它,又想逃离和背弃它。

天气预报说明天将有一场小雨。报出的气温是23℃。春天还没被我踏实地感觉到来。但实际却是要过去了。

从健康路上一路走来,看到很多女孩子已换上纱的衣裙。每天每年,就是这样从树木、从街上行人的衣裳,从一场或冷或暖的风里,清楚地看着时间流动——永远的向前,不会停下等一等谁的向前。在每一个经过的春天里,发生的事看起来总有同去年一样的,是否这看起来能同去年一样的事物,就是我们一直说着的,又似从没见过的名为“永恒”的那些事物?

今天谷雨,二十四节气中的第六个节气,春天的最后一个节气。夏天就要来了。

6　三分之一年

台历翻到今天，一年的三分之一时间已经不知被我用到哪里去了。人生的一些刹那如果可以用“永恒”名之，只是因为它们的存在是“唯一”罢。一个不用心活上半生一生的人，不会真正懂永恒为何物。不太动脑子去想一些遥远事情的人也不会懂。

只恋此时好了，天地俱在。自己还能喘气，一大帮一起走的人也都在。四季是我们必赶的人间的一个场子，我们来向它求一天天的生命所要的圆满。我不喜欢有缺席者。我尤其不能忍受那些在我面前“早退”的亲人。人生已经有不可抗拒的自然力量来消耗，有疾病、有死亡，有各种意外，随时可以更改的心意，有散了就也许再不会重聚的宴会，有很多会被后来或外来力量干扰的初衷。那么多不可预知。我怕我列举在这的每一件。因而，明天和永远一直得不到我信任。

我迷茫时，更对明天和永远有很多推词。所以，每逢节日祭祀，长辈灵前，或到佛堂宗祠里，许愿时我都怕被责怪：总是很长很长的请求，总是一件又一件。我总会担心神灵的记忆力，是否会全部记下我的愿望，祝福我并给我加持，让我一件件遂了心意。

在那过去的，一年的三分之一时间里，很多树木从冬天回到春天，慢慢长出新的年轮。也使一些人长大。虽然于一些长辈看来，有些孩子的心智，还似停留在才出生或独自开始自己人生时候，而且看来，似已并不能成长到一个让人放心的状态。

很小时即读“锦瑟无端五十弦”，深深感知七个字中最重的是“无端”二字。苍凉经过，心里的不平静，但还好能淡然。像这字句出自一个替我预演过活着的人所写。

在这三分之一时间里，我周围的人中，有人永别了自己的慈亲，有人迎来了自己的新生婴孩。有人生病。有人康复。有人选择了新的工作，有人原地继续。有人相遇结婚，有人遇到问题将建好的家庭解散，也有人选择了重新信任。有人还穿着去年的衣服，有的人一冬过来变胖，去年的衣服再穿不进。

我的变化是，对能穿的几件旧衣服不喜欢了。不是今年的新衣服样子有多么好，只是衣服少了总不免使人生也变得单调沉闷。人生的色彩不止是精神上的增补添置，更是外在的衣衫。要常有更新，有替换。能比照着自然有的颜色，置办齐楚。自然为何有冷暖，经年有换季？那是让女人置衣的理由之一。

我看到的世界总是很小，虽然每次抬头也看到了满天灿烂星辰。有时，也看到欣欣向荣的一季花开。也郁闷地谈论过战争、政治、法则、股市。看到遍地灰尘和欲望，看到有些人终其一生永远在关注生命的细枝末节，而非生死发展存在之大事。如果说每一天在我这，都是在清楚地流过，都慢慢地、精确地、经过或进入过生命，现在，我却要想一想：它终究化成了我身体里的什么？对日常生活咬牙确立起的恒在的不逃跑的耐心？对一份工作加进心意的专注？对不愉快际遇的吞咽和消化？对一些事情独立的承担？对生命中某些事物一天天叠加起的憎恨？自始至终，怎么过着这些在手里的时间？

7 坐在黄昏时的广场上

一个人在楼下的大广场上席地而坐。一墙之隔的淮中打起了晚自习的上课铃,很多孩子笑着跑着追打着的声音一下子被收拢起。一条街也重回安静。剩得仿佛是华宴初散,只余主人静静地看着杯盘狼藉,一动不想动。

街边的枫叶忽然发现是那么红。我记忆里的枫叶是只到秋天的霜后才红成这样子的,不知是此枫非彼枫,还是季节气候所致。很多问题,不用想明白。还发现了开着的桂花,这街上不知什么时候种上的五月开的早桂。想来我于植物与时令的关系,了解不深。我的世界永远是我所看到的那么大。

广场上每晚都是跳舞的人。那些音乐是明朗的,有时也是感伤的。但是现在,刚是晚餐时间,他们还没有来。一个广场只有此刻是静静的。我喜欢人少的地方,或没有密集人群经过的那一小段时候。

那样我会感觉放松一些。在他们到来之前,这一个大空地仿佛是归我一人所有。我把心平放在这，把它从身体里捧出来，放到这空地当中，我自己静静在此刻与它对视，用目光与它交流。我想它知道我在每天里，都愿它安静愉快，不被尘世中琐事所打扰。我无力帮它抵挡的事物，都能在此刻得以消化散失。

我是否已经在这个市井喧哗的中心流连了太久？像一个小孩，在等着一个人将我喊回家去，关了门，再不放我出来。

这些年，带着我向前走的是时间，还是一些纷乱的事物？或者，只是家人和工作的需要？如果是时间，我可否请求它离我更近，我们走得慢一些，再慢一些。如果是一些事物，我希望明白它在我生命里于我到底是什么。如果是一个人在带着我走，我希望他告诉我，他将带我向何处。那未知的世界，是否离我想象的有些接近。或者，希望他什么也不要告诉我，只让我就这样跟他走着，他去的地方，若我真的不喜——我也认了。

每天都是那么多琐碎的事，须要一个女人一件一件去把它们安置。然后，等安顿好它们，我也会发现，它们已用尽我心力所有。然后，又是一个不请自来的下工时间。是同样的明天重新到来。它们一点点删减我生命的刻度。

乡间犁田的人，低下头，把一垄田犁下去，一抬头，已到垄头。然后，再折回，再低头。过了一天，又一季，终于等来自己的衰老。稻田割了又种，牛羊放了又收。而我们，却不知有没有一个地方，可以将它称之为我们的圆心或终点，走到那，就不再走。或者，从那再出发，走出来，还可以再回去。每条路都可以有一个圆全的边——它守在那，不管我们如何蜿蜒曲折，总能到“它”那儿。

我至今还没有见过可以永生的物质，这来自事实本身。也没有找到什么物质可以将身心一并托付。生之所需，无非衣食。

8　柳花飞

桐花谢了柳花飞，飞得满城。下午五点半这样，忽然下起雨，劈劈啪啪的。站在窗下，想等着雨停了，出去散会步。

日光已一日长于一日。一条街上所见，老人也穿上夏衣了。老人脱下春装，那夏天必是将满天满地的在了。

先是樱桃，然后是西瓜，一车一车被拖到路边。一心希望种一棵槐树，去年的一棵没活下来，在进入冬天之前，又植了一棵，还是没有移活。石榴、银杏、葡萄，我种了好几棵树，都活了，只有槐树，看来它是刚直的、有脾气并且恋惜旧土。

从前家里，房子后面是一排榆树，这些树种了，好像黑夜也有了遮挡，像睡觉前在窗前放下窗帘。树木于一个庭院和房屋，有帘笼的意义。

我若有一块空地，必把小时候种过的树，一棵一棵再一次种出来。还有花朵，也一样一样再种一遍。树木和花朵，曾是我幼童时代的玩伴之一，是我童年记忆中的一大部分。榆树在我家，是长命之树，也是招财之树，我们一家人都喜欢它。我一直迷恋种植的气息，喜欢看到五谷年年种了又收、收了又种的景象。看到无数凡夫凡妇，在种植中过着他们的日子。物若有知，必是比人还重情义的一个。我所能在的每一天，都是转眼会消逝的一天，万物的成长、衰老和死亡，和我们是同一条道路。同一条路上走着，时间久了，总会有感情。

又过果树园。只是一月半月没过来，果树园中空地上的步步高花全开了，花根下还种了很多小花生。水塘里青青的生出很多小荷叶，去年回去的夏季又回来了。

忽然听到了布谷鸟的叫声：布谷，布谷……听得心里一片寂静。这一条河，不是小时候看过的那些河。但河水流动的样子是一样的，布谷鸟的叫声也没有变。又看到了一只灰喜鹊，肥肥的，抱着树干，见了人也不怕羞，也不离开。原来它是那样相信我必定会温和待它，也相信我不会惊动它。

昨天夜里做了个梦：我一个人睁着眼睛躺在夜行的火车上，外面是深深的夜，星星一颗一颗停在蔚蓝的空中；星空下无人的旷野，庄稼、树木；大风拍打车窗，我不知道这一列火车要将我带到哪里，只知道离上车的地方越来越远。而我并不害怕。

天亮得越来越早了。今天早上五时半醒来到街上去买早点，居然发现那么多早起的人：摊鸡蛋饼的，炸油条的，做糯米饭团的，煎小包子的，煮粥的……清清新新，都在街上了。有那么多人，是不休周末的。

街边的门，一扇扇在咣咣啷啷地打开，他们大声叫着，好像昨天用掉的力气又完整的回来了。就像我一直没有离开看着他们一样，而他们，也是和我的生活从没有分离过的人。他们好像每天都睡得很好的样子。

而每个周末早上，我都想赖在床上。即使先起来早餐，过后，仍回到睡眠里去待一会。好像只有睡眠能藏住自己。

每一天都被蒙上灰尘，每一天都想将自己清洗一次——每一天，我都过得杂乱。如果给我的是一百年光阴，那还没有用的部分，不知我是否会用得更显理性一点，像一个很会过日子的女人那样。

9　徐家湖

这么多年住下来，这一座城里的街巷已皆如臂上经络，天天看得熟了。况且我多年来一直是跟着女儿的学校换着房子住，也算是在一块一块去消化着这小城的肌理。

昨晚没到十点即睡，早上起来，开始正式收藏整理才洗过的冬天的衣服。所谓正式，就是以后再怎么下雨，再怎么冷，我都不会把这些衣服拿出来穿了。

本来还能多睡会。一个朋友一早就打来电话。她说：你怎么睡得住呢，你都多大了。这个睡得“住”的“住”用得真好。

赖床难以早起的都只是年轻的人罢。而我，虽然年纪渐长，可一周总要允许我等“仆役”迟起一次，补补一周落下的睡眠。电话时，她已经在准备中餐，自己做的水饺和汤圆。因为这个电话，我一想，我也好久没吃到水饺了，我立即说：停，我中午也要吃饺子。

之前听说徐家湖路上有一家专卖水饺的店，我一直听说而没践行。徐家湖是老巷子，按照中国人喜欢给每一个名字考证来历的传统，它可能附会着很多故事。我是对"故事"没兴趣的人，即为故事，很多已经不是原样的生活。我也历来是个说故事能力差的人，而且不相信传来传去被附会得不实的部分。

我放下一堆等我叠的冬衣，骑单车到徐家湖路去买饺子。刚拐到巷口，一辆大推土机就开过来，开始铲土筑新路。这一带基本还是平房，几乎是这城里难得没被拆掉的一块地方。路边人家有小院，贴着门牌号，果然是徐家湖某门某号的字迹。这城市早是家家住着新夫新妇的样式，这样的门牌号一见之下，竟是外婆家的做派。徐家湖也老了，嫁了女儿的人家，膝下又无有儿子撑门立院，还修新房子给谁住呢？两个老的，住到泥土埋上身也就罢了。

我一路东看西看，先看到巷口两个卖毛鸡蛋的——不足月刚要出生但已成形的小鸡，用火和水生生煮熟了，剥了壳，蘸着椒盐吃。这个吃法在淮上颇流行。按淮上老人的说法，这种时期的蛋最补人。

我一直对此有惧怕，从没有尝过。这卖毛蛋的摊子，只是一只小炉子，一口锅，一两碟椒盐和辣椒面，一群小孩子围着。我家也有人吃它，每见必买上一两个。可我每看总心惊。后来听说很多孵蛋场专门不孵出小鸡，只是为了这种吃法而供应这些孕蛋。

吃时还有讲究，是吃十天的，还是吃十五天的，蛋上有标注，或分盆而放。卖的人清楚，吃的人一吃也吃得出天数。天数不同，这蛋的状态和吃起来的味道，也是不同。因为每见都生生寒心，我至今未尝过一口这道小吃，百般劝诱，我也坚定。

再旁边是卖大炕饼的。淮安人中午多吃米饭，而晚饭则为面条、饼之类。虽说只是中午时光，这饼仍出来了。做这种饼的人家，也是要好本领好技术。这饼的成品至少要两寸多厚，发面，一张就是一口锅那么大，有两三公斤。我见过的最大的一张，直径有两尺多。

这么大一张饼，一个人买去怎吃得完，所以要切开了来卖。把饼做这么大，这么字正腔圆，要好功力，也要好火。这么大的饼，家里没有六个七个小孩是吃不完的。而且这饼无盐、无糖、无味，也不用油，就那么慢慢烤制出来。但比馒头耐放，能放几天而不坏。

以前无冰箱，食品缺乏，小孩子三餐之间饿了，多是啃它。我很少买。我对小时没太吃过的东西都不太喜欢。我以前以为也许只有西北人才这么做饼，但到了西北，也没见哪张饼做这么大。

然后是卖水果的、面条的。找来找去就是没找到传说中的水饺店。传说中这家水饺店，肉是用刀背剁碎的，而不是机械来绞。菜是新鲜的荠菜、白菜、芹菜，菜都是手工挑出，而面也是手工和面，不是用机器生产出饺子皮，皮是一张一张用擀面杖擀出来的。是现场制作。

这个店铺没有找到，只找到另一家面条店，兼营冷冻饺子，据说也是自己技艺，但一看，已不知做出来多长时间了，早已蔫掉的菜的样子，没一点品相，所以没有买它。而且这冷冻水饺小得像弥月婴孩小耳朵那么小。这么小，哪里有什么芯子。淮上人家做水饺都是这样脾性，饺子包得针尖大。不可忍之处还有一条：和馅时不放油。其次是，要么全是肉，要么全是菜。把菜和肉放一起，不会。淮上人家包的饺子，也难吃，不似其他地方的饺子那么圆滚滚、胖乎乎，一咬口角流油，再胖的人看到也会禁不住诱惑。

睡了一长夜加一个大清早，这样出来转一下，倒也给自己换了些生气出来。

空手而归，还是一碗薄粥果腹。继续折叠冬衣。小姑娘今天在学校中餐。实际，我一个人的中餐一向马虎。有限的厨中技艺大多只是为别人而备，很少为自己去实践。且学一样技艺若仅为悦己，总未免有奢侈此生的嫌疑。没见过哪个好木匠，上心打下一张桌子，四方四角，雕龙刻凤，只是为供起来给自己看自己用。这么好看，自己人更是不会用，觉得用了是罪过。自己用的，都是打得失败、不成器的，或者是祖宗几代人囫囵着用过来的。

这最好的一件，一是自己人去把它卖了，钱是更实用的度日之物。二是被人拿去，成全一份情义到里面。三是留下用于展览一段时日，让自己看得高兴并因而产生自信，等各路人来评价彰表。天下凡女人的心，大抵如此。

五　夏日长

1 雨 天

又是一夜雨声。和雨只隔了一层窗，所以那声音听起来像已下到了床上。故人来访时不问我忙闲地叮咚叩门。

树叶子一天比一天密了。这树叶子，这滴滴答答的雨声，带我进入更深的夏天。这样的雨天，不适合上工去，只宜一个人在家清坐。喝喝茶，洗洗扫扫，什么话也不说，只空下心听着外面雨声喧哗。

偶尔一两个熟人来访，所谈论也只是每日饮食饱暖，房屋物价，谈一些有关于生活和工作的大而无当的问题。这个城市一年年住下来，它的气血、呼吸、性情、品格，和其他没有久住过的地域一样，仍是模糊难辨。

幸赖每日一些杂事，几本旧书，使人还不至于觉得这一个城市住下来有多么不堪。书里能去到的世界，弥补了为人的很多缺憾，亦可以填补一些无聊赖的日常空当。人和书之间发生的，总是稳妥的感情之一。

留在身边的这一本书，这书中所有，人物住过之处，走过的地域，合上书，总会想：也去走一遍。书中人读过的书，也很想拿来，一字一句，读一读。去走一走“他”走过的地方，到“他”住过的房屋去住一住，在“他”熟悉的事物、土地上，感受“他”在时的声息。“他”闻到的花香，吃到的食物，看到的街巷。这样一本书的“好”，还在于它是沉默的——它沉默、丰富、宽敞，它到过的无边无际我没有到的地方，它使我与陌生遥远的世界少了隔阂。

在淮安这座城里，我不喜欢的季节，就是夏季。中午总是无比热的太阳，有无比强势的火焰一样的光芒，晒得大地干涸，万物失去水分。人也是蔫的，仿佛已经耷拉下了翅膀。远远看那些绿化树，都被晒得有如起了青烟。

如果下一点雨，可以说是很好的。只是滂沱大雨居多。城市中的排洪系统不是那么好。这样的雨下上半天，很多地方就成河了。男人们卷起了裤子，女人们提了裙子，有的还要脱下鞋。一手提着裙子，一手提着一双水淋淋的鞋子在街上蹚水，是雨后最常见的城市景象。

若雨还淅淅沥沥不停，有的女人还把包顶在了头上。把包顶在头上的女人年纪多半不小，可能怕头发湿了，天气不好洗头发不便，也多半不会爱惜包。爱惜包的女人，会把包紧紧搂到怀中弯身护着，任凭雨水顺着头发往下淌。我一直是喜欢淋雨的一个，所以下雨多半也不用伞。不怕被淋得湿透。

今年是我记忆里比较清凉的一个夏天，热得一直比较慢，不是那么急急地每天升高气温。最近夜里的雨，一再地清洗了这个城市。如果它是老的，那旧的气息被洗净后也新鲜了。如果它已很新，那雨更使它看起来有一点适合长居的味道，宛若有替人留客之意。

2 前天没有下的一场雨

前天没有下的一场雨，终于在中午到达了这个城市。办公楼门前瞬间汪起雨水。今天是旧历六月初二，听说乡下的莲花全开盛了，几个同事这个周末才去看过。那些莲，仿佛专为等一个什么人能在每年的六月都去看它一次似的，一年开一次，开完落下。然后积攒力气等明年再开。

中午没有回家午休，太阳太晒了。我不喜欢这个城市的夏天。而所谓喜欢和不喜欢，只是我的一点情绪：喜欢的天气、事物，没有天天抱在怀中不放；不喜欢的，忍一忍也就过掉。而且，也不是特别不可忍耐。

也忽然地有过那么灵光闪烁起的一两瞬，在我遇见一件事物，或者一个人时，我由衷地觉得——生命原来也可以不同。把一场人生过成什么样子，本来就是多项选择题。那些列在题目下的各种本有和可以有的选择，是被谁一项项删减掉的？

喜欢每一场雨。它们从天上恣意飘落，笑眯眯地，视若无物地。它是这单调自然里有笼罩意义的事物之一。没有鲜明颜色，它只是气息。它为云、为风、为雾、为霜、为露、为雪，它在各种可示于万物的形态中转换自己。它把你拢在它中间，你感受它，投向它。它只要出现，就可以无处不在，但你从来不可以具体、完整地收拢到它，或去完全地怀抱它。

一场适度的雨，会给一个人内心带来安定。让人知道有它在，就有四季的轮回，有万物的生长，有苍天对大地万物均匀地爱惜和灌溉。

它不爱哪个更多，也不爱哪个更少。它只是带来它将生养一切的心意，清凉平淡。它也带来人对自然的期许：有它在，就有植物在成长。它所到之处，让人可以闻到新鲜粮食的气息。

它甚至有力量带你回到你住过的某间房屋，让你在灯下再次听它。一夜雨声里，天空更远，未来更近，时光慢慢流逝，人不是在变老，只是在长大。它徐徐地下，让人不再觉得孤独。

如果人生以十年为一段落计，那时光已过了很多了。俯首谢恩于命运，所赐一切皆已无怨领受。这样说，只是因为终于到来的一个懂得：抱“怨”万事万物不会有改观，乱喊乱叫也从没有意义——不是声音大了就有人理。

去年秋初，尝与挚友，论十年之间彼此的人生光景变化，家中一些逝去的亲人。今日想来，不免泪湿。成长了，很多事都不再信任了。很多事，在时间里一久，都会改变。如果不知这个物理，只是心智混沌未开而已。一路走下去，拜神明所赐的恒久信念之外，没有其他任何力量可以期许。但是，我愿意相信，时间所带来的，总有一部分会是我们心意所向。

3 搬 家

前几天晚上，在楼道里找搬家公司。他们的广告多是手写下的电话，或是一个个写字的红图章，偷偷扣在墙上。因为平时早就看到，所以我一直笃定。我站在楼道里，抄了两个手写在墙壁上的电话。第一个电话就打通了。打过电话不到二十分钟，来了一个戴眼镜的年轻人，他看了看屋里的东西，只是一些书和日常用品，并无家具之类。商量好今天早上六点来帮我们搬，他说的费用是：五百块。

六点刚过，果然来了三个小伙子。由于东西我已经收理好，他们开始直接工作，往楼下背东西。其中有几个大袋子的书最重，有几个是被子很轻。其中一个年长的，一提是被子，就递给另一个，自己默默去背书。

东西全部下楼，已是七点半。在他们对话时我听到，在到我这之前，已经搬过一家。我估计他们没吃早餐，就去学校门口买了包子、饼、稀饭。门口小餐铺也就只这些东西。他们说正好饿了，大家一起席地而坐，吃了简单的早餐。

然后去学校东面，把这些东西再运到五楼。东西都运完，已经八点多了。我一个人留下收拾战场，才感觉昨夜我是没睡好的。才早上，已经感觉很累了。他们则急急忙忙走掉，因为还要搬另一家。

淮安人搬家选日子之外，还选时辰。学校附近几乎都是陪读家庭，是小搬，还不太计较和理论时间的准确性。我觉得这些搬家工人真是辛苦，这一次帮我忙的三个人中，一个还只是半大小孩，顶多十七八岁的样子。搬家是体力活，没有一副好力气担不来。责怪他不好好学习选择这样付体力的职业？我想那是太矫情了。四处在建的高楼，设计图纸、买地经营之外，还要靠人力一砖一砖地砌，这一滴一滴汗水要有人流。都去读书，在办公室里坐，那不是完整的社会。这个社会在设置薪酬制度时，却不是公正的。我小时候，听爷爷讲，教书先生教家里孩子读书，首教就是：劳心者治人，劳力者治于人。

在物价飞涨的现在，那些拼了力做事的人，却并没有得到这个社会集体的敬重。早上，我向他们抱歉没有稍微好一点的早餐招待他们时，就有人说我：就你高尚。结束时，我付了五百六十块，每个人多给了二十块。他们也很意外的样子。他们这么辛苦地帮了我，我没有道理忽视他们两个多小时的高强度劳动。以前，我会看到其他搬家的人，对搬家工人大呼小叫，驱使奴役似的，我从心里看不起他们。

4 大 暑

今日大暑，上午八时刚到，太阳就已升到将近正空位置。室外气温 40℃。几个朋友分开三辆车去郊外的河塘钓鱼。实在不想动，但难违再三相邀的心意，只好同行。天气一热，人就无端显得倦怠。往北郊方向，上了车，仍是没醒透，继续眯着，用一只帽子盖住围过来的日光。

淮上人家有早钓鱼、晚钓虾之说。这样的太阳，几个男士皆带了钓鱼竿准备钓鱼。车行半小时，至一人工鱼塘，鱼不知钓得到钓不到，只是看着太阳直直晒过来。鱼塘边有树，但小，尚不成浓荫，三三两两有钓者垂立弄竿。很大很大一块水域，被荷叶密密铺满了，散出绿汪汪的清凉之意，但手一摸上那荷叶，却是热的。

三辆车共拖来四个小孩，这四个小孩一下车就跑散。一队男士开始拖钓钩，几个女士去捉莲蓬。莲蓬于我，也是新鲜事物，不大见到，也不大懂得怎么料理。小孩们去折荷叶，盖到头上，像小雨伞。我跟着小孩们去折荷叶，很多荷花正在似开微开，有白荷，或者是粉荷。太幼小，还没长正颜色，就被小孩们一枝枝折了下来，抱到怀里，准备放到瓶里去开。

我实在受不了这样的热，棉纱的衣服已经湿透，居然连一杯热开水也没带。瓶装的冷水我素不喜。于是，捉了一个小孩一起跑到鱼塘人家楼上的房间里去，小孩玩电子游戏，我爬到沙发上睡觉。一觉醒来，也不渴了。中餐正摆得满桌。

春秋天之钓尚可理解，这样热的夏天，实在不明白如何钓鱼。我对钓鱼无丝毫兴趣，但听说荷花正要开，来看看荷花而已，看过即可，一晤已了心意。像两心有相应之友人，相见一笑，无言中回身别过。

“你怎么可以不喜欢钓鱼？”

周遭一围喜欢钓鱼的人，我却一直不喜欢。再小一些，我也许会去尝试。但我近几年，已经不喜欢分一些力量去了解、尝试一些我所未知的事物了。有一些事物，即便值得喜欢，很多人在喜欢，那也是各人兴致所至。就如有趣的热闹聚会很多，如果错过，我也不遗憾没有在场。

5　每天开始和结束的必经工序

早上六点，阳光就晒得满屋子了。昨天做了一件非常惭愧的事，早上给太阳能上水，没有关掉就上班了，中午没回去，晚上步行到家已是七时将半，看到水哗哗流着，心疼了半夜。一直自许很珍惜水，也用各种方法使水用得更有效，居然屡次犯这个错。

早上洗过澡，晾好衣服出门，只是七点一刻。天已经很热了，气温肯定超过 40℃。昨晚步行回来，车放单位了。因为时间充裕，先乘了七路公交到清中站下，那儿离单位已经很近了。在夏天，我基本是避免乘公交的，怕人多，即使是空调车。一是城里公交车空调效果一直不好，二是我不喜欢人和人挨得近，被挤来挤去。

这城市的早高峰要在八点之后出现，而今天又是周末，所以这个时候的公交车，坐起来就如专车，感觉还不错。淮海路两边的梧桐树和洋槐因为最近的一次修路重种，都还不是特别高。一条街因而显得无遮无挡。

一到夏季，人行道上骑车的女孩子都是戴着口罩、穿着长袖衣服的。天天遮得这么严，一个夏季过来，还是被晒黑了。这城里的女孩子一到冬天个个很少围一条围巾的，但在夏天，总是有一条。

淮安城里的审美标准，以女孩子皮肤白为要，有“一白遮百丑”之俗论。可是，淮安城里女孩子们的皮肤并不好，即或冬天来了，晤上一季，刚白那么一点，可就又是夏天了，逃也逃不掉的晒。而冬天，又是逃也逃不掉的被冻着。

才是早上，可街上每个人的背上，都是湿的，衣服粘在皮肤上。在这一个城市生活，要一天洗两次澡，换洗至少两次衣服。这是女人们夏天做不完的作业。

以前平房多，楼房也不高，最高五六层，一个楼道最多十一二户人家，一个单元的楼顶上放十二只太阳能热水器还是够放的。所以家家在楼顶上安有一只太阳能热水器，从每年阳历三四月开用，可以一直用到十一月。

现在楼层越来越高，一是技术上有了难度，二是楼层高使住户增多，即使有技术可以解决在楼顶上放太阳能热水器，但空间位置不够。因而，随着城市格局改变，楼房增高，电热水器开始盛行。而在多年之前，在太阳能热水器远还没有出现的时代，听说只是家里有一口大水缸或一只大水盆就足够。早上放满冷水，晒上一天，晚上就够一家人匀着洗澡了。或者再用炉子烧几壶开水兑兑冷水，一个夏天也就过来了。

早晚洗澡，顺带洗一次一家人的衣服，这是每天开始和结束的必经工序。每天早上，手都被洗衣服的水泡一遍，最后，最怕伸出来见人的就是夏天的手了。

若是冬天，也怕伸出来。淮安城里的小孩，手上脚上没生过冻疮的真是不多。所以，每年都会遇到几个前赴后继的女孩子，因为气候不好，要离开这里，到另外的城市去。从此地向南方，冬天就不会有这么冷。而夏天，可能也是如此的晒，晒一点也就晒一点罢，太阳的晒，总是无处躲避。

此地向北，那的冬天起码家家会有个暖暖的屋子，暖气开得穿一件厚衬衫就可以了。不用整个冬天，都穿着一件重棉衣，如果再冷，在屋里，还要再找一张毯子披上。北方的夏天也清凉很多，中午刚晒那么一会，太阳就要下山了，风就吹过来了。

从车站走到单位附近的东大院门口已经八点。学校的孩子们都放暑假了。这里的暑假有两个月，从七月初到八月了，刚好是最热的两个月。

可附小门口的煎饼摊仍然出来了。一个小推车，上面一个生好的小炉子，一大篮生鸡蛋，各色调料瓶。火打开，锅烧热，然后开面盆，一张张饼摊下去。一年四季，每一天，这个摊煎饼的女人，都在附小对门那棵大梧桐树下忙着。饼有两种，一种是杂粮饼，一种是单独的小麦面饼。所谓杂粮只是玉米面和小麦面和在一起。先摊出一个比山东煎饼厚些的煎饼出来，然后打一个鸡蛋在上面摊匀，蛋熟了，再放一根油条或者与油条类似的一份油炸薄脆之物，再加一点香菜、葱或韭菜花，各随人意。也可以再卷一根火腿肠在其中，只是这要另加一块钱。最后再涂上一层酱，卷好。一张饼三两分钟就做好了。

她到这里，有时先点火引炉子，有时在家已经引好。面和各色调拌则是家中做好带来。夏天每天早上五点十分左右出摊，忙到上午十点收工。如果冬天，则是六点十分左右出摊，也是十点收工。下午，她四点出摊，差不多晚上八点半收工，那是孩子放学、各补课班下课和大人下班的时间。

这个女人，在这里站了恐怕也有十几年了。把一件小事做了那么久，她的手艺好之外，更是她的坚韧。这十几年如一日的每日一模一样的煎饼，从一块五卖到三块五，到五块，她仍旧那么一张一张地做着。除非生病，这一棵梧桐树下的位置，一年四季之中每一天，她都一直那么站着。

小孩子六点五十到校，有的六点半就到了，所以她要来得比他们早。每天的一盆玉米面、一盆小麦面用完，上班的上班，买菜的买菜，她才收了摊，封好火，骑车回家。近些年，她不用自己生炉子了，也用起煤气灶，只是这煤气的火不如炉子的火好控制，但总是不用每天生炉子了。然后，她回家准备下午出工所需。下午三四点钟，她又来了，生火、热锅……同样的程序。到了七八点，放学的放学，回家的回家，她才也下工回去，洗衣煮饭，给一个男人做女人，给一个小孩做妈妈。

而下雨下雪，哪怕学校停课，单位停工，她也照样出来，撑上一把大雨伞。这样的女人，我敬重她，也怜她。她也是我安心停留于这个城市，并在这个城市把反来复去不变的日子苦也好、坏也好过下去的依据和参照之一。每天在街上，看到很多人，那些把一件事长久地做下去，不抱怨也不责备于任何，只是静静地在一天天忙碌中老下去的人，他们，一直是我眼前一会亮闪闪一会迷蒙蒙的生活的一部分。

6　我所住城市夏天的正午

夏天，我们的上班时间已调整为上午八点半到十一点五十，下午二点五十到六点。中午有三小时的午休。

中午太热了，每天都有 40℃的样子。我这个一向不喜欢夏天的人，多年来，几乎没在正午时分到街上去过。

周一到周五，因为上下午都上班，所以我会在中午休息一会。周六和周日，基本蜷在家里，或去办公室做事。一周休两天，正好被我这一代赶上，之前很多年，一周只是休息一天的。昨天正午无事，上午又睡得很迟才起，十二点多，我一个人打了遮阳伞到街上去。光芒耀眼，一条街都是明亮亮的。在夏天，没有一只遮阳帽或一把遮阳伞是到不了街上去的。

太阳直直在上，但街上依旧人流如注。学生、老人、本地人、外乡过客，一个个湿了衣服走着。女孩们多是长袖衬衫，男孩子们多是短打扮。很多卖水果的，当季水果有：葡萄、西瓜、桃子、青青的小苹果。西瓜一块五五百克，小苹果三块，是那种还没熟的落地果。本地葡萄不知为什么一直卖到五六块，从开园到下市。这些水果长得都好看，只是不知农药是否超标——现在，每天最担心的都是口中食物的安全。

逛了三个店。西园点心店在东大院开了分店，亦乘兴买了一些小果子来尝，姜米条、小饼干，没具体名字，通称西园点心。这是一家几十年老店，其中蛋糕和桃酥最为有名。又进了一家陕西米线店，店里空调不好，但挤满了人，米线六块一小碗。这一家店主是宝鸡人，开这个店十五六年了，听说还一直没回老家去。隔壁是新开的一个店，福建的沙县小吃，我没进去。然后去了一家衬衣店，叫什么帛的店，名字记不清了。淮安城里很多这样的老店，把一个个主人拘束住，安下心留在一间间房子里，一年年老去。中午店中依旧有人，不知为什么那些人不怕热。

我以为的夏天正午的街，是夜晚一样安静的街。让太阳直直地、亮晶晶地照着，人们睡的睡，在房间里闲坐的闲坐。去年我一个房子装修，那些工人从不午睡，早早来，晚晚离开，中午有时也在地板上眯一下。

这是昨天的正午。今天周末没有出去。晚上，将近五点，以为太阳快落了，骑了单车出来。半小时之后绕到办公室附近。一条街，没有因为是周末就静下来。昨天下午见了新加坡一位朋友，之前在上海工作多年，后来辞了医职去了新加坡，再没有回来。谈及各自人生光景，亦言有累。每天工作事务也繁多，但已只能挑重要的先做。有了家累后，其他看起来义不大的、只于一己有益的几近放弃。我们同到了不和任何人比较生活的年纪，也不置气，只是用心对待手中杂务。对自己的偶尔犒赏，也只是放下事情，补上些能使体力精神保存下去的休息。人生富贵并非没有所望，只是渐觉安康喜悦更值珍重。修百年之身不易，总是要一天一天过来。心也总是有热有冷，自己的，都要自己慢慢去量度。

7 日光穿过万物的样子

一周复始，晨会之后，上午也结束了。我在工作中不太依赖记忆，我一定要把须要我做和应是我做的事都列到本子上才心安。专注做一件不太甘愿的事，也不是特别痛苦，顺带了解一件陌生事情而已。万事同理，做得好擅长的事，就做得好不喜欢的事。

一个人如果连自己的工作也不能做得足够好，那任何事情都会打败她，虽然我不相信人生有多少战役须要一个女人去打。我也会在工作中遇到一些新的不了解的内容，遇到就遇到，今天绕得开，明天不一定也绕开。或许是自己分内，或许是被派，承担下来好了。人生课业，没有这课，还有那课。我自己觉得比较好运的就是，我尚是一个让人能够放心托付事情的人，每一件被放到我这儿的事情，到目前为止，还没有过分出现失误。对每日堆过来的杂事，乱喊乱叫没有意义，多说它也无意义，低下头，慢慢去对付掉。对付掉一件，总是少了一件。

黄昏从办公室出来，忽然觉得凉，短衬衫外加了一件厚衣服。再有两场秋风过来，梧桐树就要落叶了，谢谢它们，陪着我过了这样一个夏季。

很久没去图书馆了，下午过来，原是想去那的，却还是被一件事给绊住。在这个城市里，那曾是一个安静所在，我在那，度过了一个又一个有屏蔽感的周末，使我觉得这一个城市，还有我的去处。

连着老图书馆的是大治路。这是一条热闹的路：布匹市场，五金市场，路东头拐过去是这城市唯一的汽车站。每一次出发和到达必经的所在。因为车站，往来复杂，我很少在那停留。车站后面是汇通市场，十几年来，我并没有进去过。想来于这城市，我终究是个途经者。

不是开学季，仍看到街上很多穿了洗得干干净净的校服的孩子们，开心地走在街上。很多孩子的暑假，都在各种补课班中过。每一个新的学年总是在秋天开始，想必，是祝福每个孩子都有一个能被实现的梦想吧。下了一点雨，很快就停了，天像大海那么蓝。

午后上班前，一个人在楼梯上坐了一会。看到地上有一些落叶了，这些叶子，仿佛毫无人事的忧虑。喜欢这样安静的午后时光，我骑车穿过大同路、淮海路再转大治路，看到街上行人都穿上了长袖衬衫。

有秋天将要来时的样子了，一切都抢着成熟的样子，好像无数人一生所有，只为抵达它。

那些金黄的、透明的树叶，那更加沉默的大地，那铺了一街的温度适宜的阳光，很多行人，我亦是其一。好像我们也是大地、天空，是它们生下的小孩之一。总是清晰地看见日光穿过万物的样子，看到年复一年，大家经历的成长，曾经信任和怀疑的人性。

这个周末，收起了大部分夏天的衣服，秋天的长袖衬衫、厚些的裙子，找出来了，它们在衣橱里寂寂地过了一个夏季，也须要被清洗、折齐过才可以穿。这些衣服，每一件都曾是因为喜欢而买来，所以须要珍重相待。

刚入夏时，我为自己暂订了三个月的英文课，其实我想制定的，只是一个安静单纯的环境，喝喝水，读读书，不被任何人事打扰。在一起的人，互不相识，但也许会为着共同的一个问题，开始一些讨论。在内心，我只是选择了一个过掉一些下午和晚上时光的方式。在那里，我只是回到了 Vita——那是学生时代被要求有一个英文名时起下的名字。我喜欢它在西文里的意思，它直指能让生命之力流过所有生灵的女人。同学中，有十几岁的小朋友，也有才上高中的女生，也有来自各单位的成年人。昨晚睡前翻日历，居然已是秋分将至。去年秋分之时，如在昨日。去年的初秋，满街落叶的样子，依旧记得，那是我才走过的街。

8 让它把我薄薄地包起来

将近午夜了，从淮海路往承德路再向天津路返回淮中边上的住处。一街的灯那么明亮，很少在午夜时分过这些长街。白天被晒热的树、路面、房子，还是热的，仿佛要趁这夜晚，把被迫吸纳到心腹中的热再偷偷还回来。

风也是黏乎乎的，吹到衣服上、头发上。抬头，看见许多星星，亮得水晶似的缀在夜空的蓝底上子。小时候，我们看到的就是这样的星星。

街上并没有夜的安静，有些店铺还开着门，街上还有车辆、行人，不知为了什么，都还没有休息。本已约好明天早上五点，和家人一起去看日照的海，但因为忽然到来的事务使我须要取消这个行程。多年前亦看过一次海南的海。看过的海一下记在心里。小时候，一直不知大海的样子，可当我看到大海的时候，已经是一个风尘满衣、对大海没有任何念想的大人了。

天气预报中说，今晚有一场台风。单位也进行了通知，手机也收到市里气象台的提醒:这两日有一场台风即将过境,注意安全。之后又接到通知:这场台风若从盐城登陆,则直接进入并影响淮安;若从连云港登陆,则直奔山东,不会对我市造成特大影响。收到信息,我并不紧张,因为依据经验,在我的记忆里,这个城市的夏天,还没遇到过一场大风。我因为长在平原,台风于我是遥远事物,从没有经历过。

一个晚上,又有几个不同部门信息进来,提醒大家注意这场要来的风。晚上下班时,天已经阴了,落了几滴雨,但很快停了。又收到信息:大风大雨要仔细注意断落的电线。因一个紧急材料,我留下加班,处理过事情,再收到信息已是:台风今夜必至,注意安全。

加过班在樱花路附近晚餐,晚餐用过,步行回家。穿樱花路过国信大酒店,再过万达广场往淮中走。这是一条我很少走的路,万达广场是一个新修建不久的购物中心。我还不太认识这条路。天气很好,天气预报所说的雨没有下来,只偶尔有一两滴雨星。月亮非常好,有薄薄的乌云,一层层穿过月光。

星星也很好。这星星的样子更不是雨前征兆。从淮阴区到我所住的清浦区,中间隔了清河区。这条路,我以前骑单车要用四五十分钟这样。今晚,偏偏穿了一双以前没穿过的细跟凉鞋。它被买来后一直放那儿,过了两个夏天了,也没想起穿它,一直丢在办公室里,是一双不得宠的鞋。走到里运河桥的时候,它已经让我很不舒服了。于是,脱了鞋,提在手里,光脚走,路面仍是热热的,还好不是特别烫脚。

路边很多紫的、白的花,很好看地开着,但我不知是什么花。到钵池山公园门口,走得累了,我席地坐那儿休息了一会,然后提着鞋继续往天津路走。

一夜，雨没有来，风也没有吹过来。淮安这座小城是内向的，连一场台风都不舍得来扰它的静。虽然它靠着大海，离海只隔了一座城。

然后再得到通知，说台风已经隆隆地绕道过境。

早起到办公室，打开电脑，也没有在各类报道中看到台风来过的任何迹象，只看到自己姓名旁的签名亮闪闪：虚极静笃。打开桌上的文件夹，抽出昨晚没校完的一摞报表。然后，和昨天一样的一天又开始了，没有雨，没有风。

若人生中那一点点些微好的部分，被我大大地、长长地、薄薄地摊展开，被我小心地护着，拉平，让它把我也薄薄地包了起来。

9 我错过的与我经历的

公交车是这个城市“后来”的事物。这个后来，是比之于我。我到这个城市定居时，还没有公交车。我妈妈第一次到这来，她在城里走了一圈，就发现了几个缺陷：一是这城不像城，有城无市，早市、夜市皆无；二是没有火车站——一个火车都不路过的地方可见其闭塞，而且满城没有一辆的士和公交车，出门，只有步行、自行车或者搭乘人力三轮车——居然还有人力车这样有“剥削阶级感”的事物，可见其愚；三也没有让人自取货物的超市；四更没有机场。彼时，从城东到城西，一个人骑一辆自行车，二十几分钟，就是从东郊到西郊了。街上行人衣服陈旧，这是1995年左右的淮安城。街上看不到化妆的女人，也很少看到卖鲜花的店铺。没有任何一条人行道和车道之间有显著标志。

这有什么不好呢？少一些生活便利而已。于生活，它更悠然，多了人间烟火味道。但就是在那一两年，被点破了似的——先是有了面的，六人座的黄色面的，上了大路就跑不起来，只能在城里跑跑，替人代步。又过了三两年，终于有了五人座的士。除了这种出租汽车，私家汽车我周围没人有。

有了稀稀两两的的士，那六人座的黄色面包车迅速淡出。1995年左右，还不是家家都能安一部电话。要排队预约来装，价格是三千八百多块。我到淮安的第一笔支出就是申请安装电话。我还记得那个号码，是个六位数。每月还要有几十块——大约是三十八块月租费，而那时工资水平也就二三百块。很多人装了，只为接，舍不得打，觉得有些贵。但是有一部电话的感觉，如同现在的人有一辆好车。

那时我有一部黑白电视机，五百块左右一台的"熊猫"牌电视机。那时彩电几乎都是进口品牌，要四千块左右，将近一个好人一年的工资。城里年轻人结婚的大件中一台进口彩电是之一。可看的台有限，信号难得好。要装有一个天线，调台时还要转动天线，很奇怪的样子竖在电视上。因为我一直没有晚上看电视的习惯，这一台黑白的"熊猫"电视机也就荒那了，被我盖了块布。后来，再打开，觉得也没坏，可就是一个台也找不到了，屏幕上全是雪花，在那沙沙地响。

不知过了几年或是没多久，电话号码变成七位数。在首位号码3之后加了一个9。那是一件重要的事，被报纸连篇报道。

那几年，我接触的一个比较新的事物是，很多人有了寻呼机，很小的一个小盒子状东西，被别在腰里，叫作BB机，大约一千多块这样。这个东西我没有拥有过。不知用了什么感觉，只是记得一开始只是数字，留下一个来寻呼的电话号码。被呼到的人看到了，要立即找个固定电话回过去。

后来，有了可以显示汉字的寻呼机，价格大约是四千块一台。可是，你要对哪个人说的话或者信息，并不能实现彼此直接发送。要通过通讯台的人工技术支持，也就是由寻呼台服务生来打出汉字再传送过去。可大家并没有别扭的感觉。有寻呼机的人都喜气洋洋的，挂在腰间，特意露出让人看到的样子。对尚在电报和数字寻呼时代的人，能随时一低头，在腰上的小盒子上看到汉字显示，让他们神情骄傲。兼之价格不菲，是有资金实力的象征。虽然发送与接收间要隔个寻呼台服务生。

紧接着手持电话出现。它之所以没有兴起和广泛使用，我觉得可能是价格问题。朋友中有人有，一万多块一部。而且它很大也很笨拙，还不是随处有卖，随处可买。

这一万多块于当时的生活水准，相当于两年多工资。折算到住房上，是二三十平方米房子的价格，小半个家。而彼时猪肉也就两块多一斤，青菜只有两三毛钱一斤。

当寻呼机很多人都有了一台以后，到只有两三百就可以买到一台的时候，我也没有。那时，走在街上，我还不习惯谁都可以找到自己的那个感觉。

而且，任什么有价值的话，或私密的话，都要经过空中服务台这么一圈一绕，才能落地，落到你这。觉得什么话经此一绕，落到实地，都是不温不热不甜不美也不急切了。若是怒火，也早被降了度数。

又过几年，家用电话又增加了一位数字。开头的 3 之前统统加了一个 8。当这个数字加上去的时候，我已经基本不用它了。

我离开了城中心地带那个装了电话的房子，为了生活和读书的便利，我找了学校的宿舍楼去住。那是个小居室，除了可以放衣服，开火煮饭，一样电器也没有，一样先进的有时代感的东西也没有。

因是赁屋而居，所以也没有采办一些时尚物品。那段时间，我生活的周围出现了手机。好像这是1999年左右的事情。

刚开始时的手机，还不可以发信息。没多久，如果记得不错，只是一年半年，就可以用手机发送数字信息了。又过了没多久，部分手机实现了可以发送汉字信息的功能。

我是在2002年左右，也就是"非典"之前，才终于被人派有了一部手机。牌子为"康佳小雪"。而我的电脑，比之手机，要早有一些。1997年初，我买了第一台电脑。那时周围用电脑的还不多。我一鼓作气，报名旁听了两节专教打字的课。位置是东大院天桥附近的某个楼上。也没有老师现场辅导，因为教学条件所限，并没有一人一台电脑可供学习的气派。只是一个年轻的男孩子，给我们来上课的一人发了一张纸，名为字根表。不停地教大家背字根，学用五笔打字。学生多是成人，机关各单位职员或者打字员。

学会了打字，我开始用这个电脑。电脑没有品牌，是组装。加进口屏幕价格总共是五千。使用过程中，不停地被我用出问题，一会换换这个零件，一会换换那个零件，换到最后，连屏幕也换了。据说原来的有辐射，要换一个可以保护眼睛的，为了眼睛，我当然要换掉不好的屏幕。一个可以保护眼睛的屏幕被卖到一千四百多块。

在一次搬家的时候，这台电脑被我丢掉。可惜的是，我原来存了很多的、费尽心力一字字打好储存起的各类文字资料，放在磁盘里的。

忽然之间，再没有这样可以放磁盘的电脑了，这些磁盘也就全不能用了，因为我的周围再没有一台电脑可以打开它们。电脑都更新换代了。“磁盘时代”转眼过去，跳到“U盘时代”。

几年之间，电脑被灌输和开发了更多功能，我对电脑的使用，却还仅用于打文字稿，做图表，其他功用，概不了解。当互联网时代全面到来，我也有了QQ账号。同事自己申请的一个，看着好，要来的。据他自己说，他有两三个，正好闲那也没用。

我要它的原因之一，是单位越来越多同事开始面对面也不再用多讲话。讲话、发布文件、发送信件、交流工作，多放到这个平台上，因为只有有号码的人，才可以到网上建交——所谓进“群”。很多工作，也开始越来越多地放到这个平台上：交换意见、来回发送文件文本。我没有这个号码之前，很多消息，还是口传纸授，自己也觉得没意思了，也就很自觉地向技术投降——要个号码，混进来了。

当便利的数字通信技术介入了生活，我们的生活似乎也闹腾了。天涯若比邻，有了本质的进展和现实的依据。很多电器，比如空调、微波炉、烤箱、加湿器、空气净化机、吸尘器……慢慢地，这些普通电器产品，也逐一挤进了我们的生活空间。可在我，有它们，没它们，大体一样。所以，我一直没有成为生活中能追赶上时尚事物的一个女人。总是慢吞吞地、东张西望地生活着，迟疑着，观望着，好像不是生活的主人，只是来看人家怎么生活的一个旁观者。

上一周，一个刊物的副刊从我博客上看到一篇文章，那是一篇关于读书的文章。编辑致电给我：问我是否可以给他们使用，并能否提供一张与我所写那本书有关的图片。书是朋友新出版的书，朋友也只是寄了我书，并无图片相赠。我至今不大会用相机，只好打电话向送我书的人要。朋友远在西部，几千里之遥。可几分钟之后，朋友就上线，用电子信箱把图片发了过来。我再打开电脑，将这个邮件转发。再过一天，报纸的电子版样刊已静静抵达我的邮箱。我用同一句话回复寄图片的朋友和发文章的编者：感谢通信技术。

越来越多的小事件，使我由衷感到：我们生活的空间半径在无限增大，它不只是城市本身的大兴土木和扩建带来的地理空间伸展。这个社会越来越重的商业气息，也使我们很多自以为重要的精神坚守被放弃。

现在，我低下头，在空白的笔记本上，一字一行写下这些字句——我还是十分喜欢把字写到纸上，看到它们一个个状态并不相同的样子。有时慢，有时快，有时好看一点，有时不好看，这也透露着我的心情。直接输入电脑，总觉得中间隔了一个程序，被人为缩短了它的生长期似的。而且在电脑屏幕上，它们总是显得太庄严、木纳，收起了人与字之间交会产生的温度。每一个人内心的，对于外部事物的观察、体悟和分析，都是加进了个体心意的。

文化和物质，正日益地互相渗透，彼此浸润，互相抵挡和侵犯，我们见证到的这个世界，置身于其中的，我们的存在，不知是将使这二者更融合，还是希望尽毕生之力，将它们彼此透彻地剥离、剖析清楚。

我还在意到一个现象，当下更多的脱离出版底线的当代出版物在这城中的四处涌现，网络发表平台进口开大，越来越考量着我们的阅读经验和分辨力，考量这个时代的孩子——那些年幼的、尚未完全形成自己阅读经验和阅读鉴赏力的孩子。对此，我有无法言说的无助。

这是一个比任何时代都更需要信仰的时代，需要在信仰里放进责任和正气。所以，在不同的、可以说话的场合，我首先说出的，总是我对阅读的忧虑：在这个时代，没有选择的、被迫的、被传媒所介入来引导操控的阅读，比不阅读更令人悲哀。当然，城市建设、环保、食品安全，也都是些让人担忧的事情。

于一个城市的全面成长，这是智慧的时代，也是被技术完全征服少了"人性"气质的时代。我们貌似什么都拥有，但同时也在失去。

10 立 秋

明天立秋。这一天，家里要吃香瓜和饺子。饺子包得慢，提前一晚就开始准备了。我们家里，不吃伏天的韭菜，伏天韭菜柴而辣。所以，这一天吃的多是芹菜馅饺子，或小白菜馅。肉要放得多多，谓为抢秋膘——意思是吃了这些，小孩子们才长肉。小孩长得肥肥壮壮的，那才让人看了喜欢，让生了这小孩的一双父母觉得有成就感。这个抢秋膘的传统，一年年传下来。为什么是“抢”呢，肉总是慢慢长的。夏天里，大人小孩都热得吃不下饭。立秋了，凉些了，可要好好吃饭了。所以这个抢，抢的是入秋天凉时间，不是肉。

秋天来的时候，总是有特别清晰的感觉。先是早晨起来，看到草地、花园、菜园里的露水重了，叶子上、花瓣上全是水珠。小孩子最喜欢亮晶晶的东西了，就去这些植物中趟露水，鞋子、衣服一会就全湿了，手里捉了这些水珠四处洒。太阳升起来，这些水珠更亮闪闪的。这样的露水，还不凉，再过上两三天，就是很凉的露水了，再去园子里玩这个游戏，就会被喊回来，这样的露水沾了人会生病了。

又过了几天，忽然一夜醒来，满园、满街、满地清霜。那些薄薄的清霜落在草地上，草萎下去。落在花上，花落了。落在昨天还好好地结着果的黄瓜藤、芸豆架上，那些果子都一下变成沉郁的样子，叶子蔫了，果子再不是新鲜活泼的果子了，低下头，蓦然停止了生长。

被霜打过的一切，都失去了生气。几场霜一下，就什么也没有了。地变得凉凉的，小孩子把厚一点底子的鞋、厚一点的衣服都穿上了。风吹到脸上，是凉的。吹到树上，树落下了叶子。

我平时所见的树，多是榆树、杨树，这些树。它们的叶子一落，我就知道，是秋天了。小时，我不太喜欢秋天。因为我喜欢着一园子里几十种鲜花，它们全都落了，园子也就没意思了。还有瓜果，过了秋天，几乎吃不到了。果子、蔬菜都开始罢园了。

“秋”这个字，“禾”字旁，这边一个“火”，意为谷物在火边的成熟。好好的太阳的火照过谷物，稻穗满浆，万物大熟。

可也像一个人，她长大了，她就是开始衰老了。秋天，每一年，每一年，它从哪里开始？一定是从一个擅感的女人的心里罢。从这个女人的心里，到另外一些人心里——这些人里，有她的亲人，也有她所憎恨的人，再通过这些人，向另外一些人、一些地方传递。天气由温暖向寒凉，也是爱过人的心，走过时的形迹。

我一直敬畏中国古老的农历。当每年的八月，七号或八号，当太阳到达黄经 135°，一到这，我就知道立“秋”了——夏秋之交的最为重要的一个时刻。而我所住的淮安城，实际每年到了八月，过了立秋，也还不会从一些物候的踪迹里寻到秋意。

天气还会再热下去，所以民间有立秋后还有十八天地火之说。我对这个“地火”知之甚少，但我的理解是，太阳那么热烈地晒了大地那么久……这地必定是热的，它不再来晒了，也会再热十八天。这十八天，不是实指，总是虚数，数字中以九为大，两个九一起是十八天，只是加重人对这热的了解与重视。

淮安真正入夏，基本在阳历五月中旬，这是我个人这些年的观察和记录。那么以五月中旬到八月初，近三个月，街面、植物都饱吸了热量，总要迂回一下，在立秋后，太阳稍微温和下去一些的时候，街面、所有植物、大地要慢慢地、缓缓地、源源不断地将它们吸收而未消化掉的热，再吐出来。地火，当就是指这些热，是收藏着没消化完的太阳的热。

太阳到了立秋，开始不晒人了。风雨中的长夏过去，太阳也要歇息。淮上老人说夏天的太阳，必加前缀，是为喷火的太阳。“喷”总是力气活，一个夏天的力气活做下来，贵为太阳，也要停工休养。

中国古代先民有将立秋分为“三候”之说：一候凉风至；二候白露生；三候寒蝉鸣。一是说到立秋后的风，有凉意。次而说到露水，即为白露，露有清明澈寒之象，早晚之温差使露水盈盈而生，从天上落到地上，大地就凉了。为什么寒从脚底生？那是一双脚，最先接触了大地。大地是温的、热的还是冷的，一双脚总是先知道。既而说寒蝉，大地上早晨因为有了露水，所以多了雾气，天气不再那么明朗透彻，总是有薄阴欲雨的感觉；枝上的蝉们，也敏感于天气的变换，飞不到那么高了，开始长一声短一声地鸣叫。

11 地　火

今天上午立秋，当时气温 31°。早上，自行车车胎没气了，走到淮中北门靠天津路的修车摊打气。这个修车摊从有了淮中就在这了，因为这有一棵大的梧桐树，那树就像一张大雨伞。时间是早上七点二十分，已经有两个老爷爷坐在树下的小板凳上下象棋了，另外两三个在围观。对面的空地上，三三两两的人在跳舞。

老爷爷说：到现在没开业，接待给车打气的倒有十几个了。我说为什么这么多？他说：立秋了，天凉了，都想起骑车了，车放了一个夏天哪还会有气啊？

给自行车打过气，去海妹稀饭村吃早点。那有六七种粥，只是个路边小店铺，很小，一顿早餐几块钱。每天屋里外头很多人挤着。烧饼、油条、麻团、南瓜饼，都只是几毛钱，或一两块钱一个。我最近家里不备早餐，每早都在海妹这吃早点：一碗红豆粥，一碟蒸饺。

吃到途中，忽然发现很热。一回头，看到空调并没有开。出去问：空调怎不开啊？被问的人头也不回地答：立秋了，空调不开了。

另一个吃早点的人抬了头，也觉得这早点店空调关得早，说:立秋后还有十八天地火呢。

秋天现在已经到了哪里？北方的桦树林里、草地上，河流中，然后一路向秦岭淮河而来。这大地之上，有没有一个城市能永远地挽留得下一个秋天？那一个秋天，到了那儿，哪也不再去。

我们这座城市与秋天的一年一见，历来只是匆匆。还好，年年有见。立秋这一天，淮安的风俗是家家买一个大西瓜来啃。每年在这一天，西瓜是卖得最好的，这一天之后，基本下市了。大地从此向后短期内，再也不会长出好的瓜了。

晚上快十点之前，我下了一次楼，打开门，只想感受下立秋之夜是否有凉意。天空辽阔而安静，四望万家灯火，水塘里蛙鸣正沸。仍是盛夏气象。感谢每一个将要过去的一天，也感谢将要到来的每个新的一天，愿它们带给我们仍会打发生活的心。愿生命中所有可倚赖的事物，无论我们怎么转身，怎么停滞过、消沉过、悲伤过，都会与它们再见。这一个月，几乎每天都是40℃高温。太阳明晃晃照耀万物，没有繁盛的雨水。这一个夏天，又是如此，满街无处躲藏的晒。

12　盛夏之尾

前面几天，我开始骑单车上下班。每晚回来，头发几乎都是水才洗过的湿。多年下来，我也有了对付这盛夏的经验，有时为了防晒，我是长衣长裤出门。在街上，我看到树木、街道、房屋，和我一样在这大太阳底下，我并不是单独被太阳晒着的一个。想必，内心若有什么七荤八素的苦痛，也必不会是我独有。我早已没有理会万物的热情，只想和一切保持彼此不触碰心灵的距离。是一个越来越不愿被人翻越精神界限的中年。

我们所有人最好的年纪都不会在死亡之前到来。能更淡然、更安静、更柔和地更对一切悲悯。能很多事经过就忘记——若偶然想起，或在某一天述说，但可以像说着别人的事一样。

衰亡更早抵临的不是肉身，它总是最先来试探心灵。心中有刚硬的人是不容易死掉的，这样的人是有"韧劲"的。不论他心中这份情意是给了天空还是大地，还是具体的人——我们都曾有过、或虚构过这样一个人罢，能与我们的灵魂对谈。

一个阳光收服了大地所有水分的季节，一个旺盛生长的季节，如同生命的盛年，明亮广大。但每一个夏季之后到来的凋落，又像在预言：生命中的一切，都是随时会离开的一切。

这一个月以来，在微信圈里，看了很多被各种观念思想解释的世界。但也关了电脑的网页，我本来就很少去网上转悠。各类信息的扑面抵达和汇聚，使这世界越来越不让人心静。很多奇怪的事每天都在发生。我的手机也会偶尔被放在关机状态。如果暂时不被联系到，或者电话是通的而没有人接听，那只是并没有带上它而选择了独自出门。

这只是我个人内心的疲惫和对生活现场想逃离的唯一可行的一点举措，不是我对一些事件、对人或人生有了厌倦所致。

这是立秋后某日的午夜。想必很多人已睡下。

六 壳

1　第一个没有开空调的晚上

这是这个夏天过来第一个没有开空调的晚上，时间是阳历八月二十四。

我打开了窗子，风吹进来，凉凉的风，坐在露台上，头发一会就吹干了。看星星，一颗一颗那么亮。秋天的夜空，那么干净清朗，听到青蛙叫，风过树林的声音。现在我住的地方，旁边是一条河，河名古黄河。古黄河边上是密密的树林子，很多幼树，一年一年种下去，长到一定大，被挖走，再种新的树。听不到早晚校园里的钟声，也听不到一群一群孩子的喧哗。四邻种了很多果树，昨天早晨在那些树叶子上，居然看到了露水。

秋天无声无息地回来了，人却仿佛还无知无觉一样。等到昨晚去楼下，在晚风里穿一件半袖衣服已经觉得凉了的时候，返回楼上从衣服箱子里翻出一件长袖外衣，我才是清楚的，一夏天的热又被我熬完了。和去年一样的秋天又回来了，而人，又经过了这样一个自然的四季轮回，又平平安安过来了，这是漫漫人生在自然中还算舒展的状态罢。

这些年，我搬了几次家，所住的街越来越偏远，也僻静。我沉湎其中，亦不爱置太多器物，衣服碗盏米粮而已。所以，也一直没有置齐屋中所有，到现在也没有一只可心的柜子。在我的人生经历里，我还没自己郑重置办过那些被称之为“家具”的东西。

工作后，置过两只木椅。后从街边木器店里打了一只书桌，书桌是一百六十块，椅子只有十几块钱，真是觉得已经很好。这组简朴的杨木桌椅跟了我多年，有一次搬家，我粗心地丢了一只椅子。这些年，搬来搬去，房子也在变大，却越来越留恋我曾经住过的一间小房子，能够开火生活，也便于清理照看。天冷了容易暖，天热时冷气一开，整个房间迅速地降下温度。

以前，也种过一些花木，但后来也渐渐放弃，觉得没有足够泥土和力量将它们养得活泼鲜亮，心里是不忍的。那些种在大地四处的植物，我看到都很喜欢，觉得只要它们能够长好，在哪里都一样。多去看看而已，不必计较它们是否长在我的院里。

现在我住的古淮河边，非常奇异，多年不见的马兰草居然看到长了很多。拔了一棵，种到院子近旁，让它继续那些被我单方中断的陪伴。只是这些马兰草，不知为什么，今年，没有看到它们开花。

九月初，先是过了中元节，然后就是学生们也开学了。树上的知了也叫得不那么欢了。晚上，骑车出来，忽然看到了一车新橘，绿绿的，油汪汪的，橘子不是此地物产，多是江西一带运来。这一车新橘是第一天来到这个城市的街上，或者只是第一次被我看到。

本地水果多为梨、苹果和葡萄。那些一车一车的哈密瓜，是从新疆运来，然而，我怀疑，肯定是生的，摘下来，运到这儿，捂熟的。因为在一只瓜里已根本没有本来特有的甜和脆。这一城的人，那么多号称吃了新疆哈密瓜的，吃的从来都是半生不熟的，没有一只成熟的、甜透的瓜肯甘心走这么远的路了。

它们大了，不大会被外力所左右。只有那些小的、生涩的不懂人生诸义的，才木木地被驱动着跟来。

睡前，照例又是看一会手机。网络真是一个奇异事物，它和我们的生活本没有具体关联，却理直气壮地打开了各种门——泥沙珠玉一并涌进。我开始看到更多的与自己生活无关的事物。但每一天于我，仍是一个要去临阵的状态。一个人不可以替代另外的人去面对他的生活。每个人，都无法在活着时找到这种替代。

2　我从没见过的一天

节气还不到冷时，晚上从外面走，一件衬衫已抵不住秋寒，虽然中午那么好的阳光，好像还可以穿最薄的裙子。

小姑娘早上已经开始把秋季的校服套到夏天的白衬衫外。套上这件外衣，小姑娘照着镜子：这种天气不穿裙子真是对太阳公公不尊重。小姑娘这一代的校服，夏天的白衬衫是的确良布的。而秋冬的外套都只是那种后背印着届别和校名的平常运动服样式，布质是最普通的化纤。发下来，要洗好几水，才能洗掉那些化纤布天生的气味。夏天不透气吸汗，冬天不暖，套到毛衣外滑滑的，也不服帖。每季两套，便于清洗替换。在校的周一到周六，都必须统一穿它。

这几年，一直有讨论校服是否可以做得好看合体一些，更多观点总是认为在学业紧张期的孩子，还是要穿得朴实平常为好，不能把注意力移向对衣着之美的关注。小姑娘昨天回来，忽然让我郑重把所有校服收好。因为，一对已经硕士毕业参加工作的学兄学姐国庆结婚，居然回中学母校拍婚纱照，穿的衣服就是各人的中学校服，真是美得照亮了所有小学妹小学弟的眼睛。

天是有些凉了，但还不至于翻出厚重冬衣。这样的天气，是我熟悉的秋天气象。所有季节当中，我也很喜欢这一段。希望将头靠到它肩上，永远是这样的天气，这样的柔和光线陪着我。好像活过了一生，还有力气再活上一生。

晚上，我过这一路，有一半临河。古淮河的旧迹，河水还是那样丰盈，河边没有灯光，可我还是一路闻到桂花的香气。那么多桂花，一树一树地开了。我曾经不太爱这些花，觉得甜腻，但是，我喜欢我的衣裳沾到它们的花朵，从那树下过的感觉。

这一路，和我去年常走的那条回淮中的路不一样，这一路有半路全是各种可以开出花的树。去年常走的那条路，全是店铺，很多可爱的衣服、物品，总是亮闪闪地停在店铺中招唤行人。我也常停下来。偶尔心动停下，把它们中的部分带走。可是，因为又换了一次住的地方，那些店铺，很久不从它们门前经过了。

每一天都是我从没见过的一天。它们到来，带来花朵的气息和懒洋洋挪动着的太阳的光线。诱惑着我，再次拿出努力、认真和信心去面对它，做好那些一堆一堆、今天做过明天又堆过来的小事情，那么枯燥，偶尔还会让人崩溃。我从没有回答过的问题之中，有一道关于我爱不爱自己职业的问题，因为它是我自己也无法公允回复的。若可以选择，我可能选半生也不会选上它，若不可以选择，我只有好好待它。我已老，不再贪恋分出心力和每一个事物、每一种思想都去打上一场架的人生场面。我与一切和气相处。我有计划地使我的人生局面简单。我享受这个过程中的自己。

我接受每一处可到之地。只要有风能吹过面颊，有细雨来淋湿头发，有小草发芽，幼树分枝，那些毛茸茸的暖，只要能被这些事物陪伴和抚慰——花朵的新鲜的香，天空中落下雨水。也许我活得一直没有那么愉快，可我一直活着。我避免去想我无力想的事情。我一直什么也没有说，在我，一切看起来都还不错。我每失望颓靡，什么也不能够的时候，我总是选择祈祷，相信天地自然之间会有力量来助我，我会去祈祷那些力量的到来。我自从懂了可以在难过和遇到困境时去祈祷之后，就深信，有些祈祷是被回应的。

很少的，昨夜后半夜时醒了。看到地上漏下一地夜的清辉，一张薄被已凉的秋夜，听到微微的风，那仿佛是星光往下簌簌地落的声音，只是露水正落上草木。

3　与己同质

中国版图上很多城市和村镇，都自有它们的不同气质。偶尔去到一些地方，发现特别处，总会生起想停下在那里住一段时间的想法。但这和真正喜欢一个地方，想住到终老不一样。这只是出于人对新奇事物的向往，而非理智权衡，或无可奈何的被动之举。

一个人与一个城市的关系，如果没有上一代或几代蕴下根须的补给，会很难知道，与一个地域建立真正的血肉联系，除去物质和精神的投入，还须要很多其他未知的东西填充。而这些东西是需要自己新去创造的，不是可以从固有中取得的。

中国人有故乡情结，这种表现一是从思想上留恋他出生、成长或上一辈亲人出生、成长、埋骨之处。二是在行动上总想在某一天也能回此出发地安居。能放开一想，这只不过是一个寄身之地的并不多，除非每日为衣食奔走得连一想的时间都没有的人。

肉身卑微，浩大的灵魂难得一见。放置于哪儿，灵魂的核和它的场，都是自己天然生就和在成长中不断修成的，是和外人眼里有一些距离的那个。人都要生活，也都要对付生活附加过来的一切。面对这些时，很多人，差不多都已经用尽了自己。

有时，自己也是知道，自己一生所用的自己，只是自己的部分，甚或只是自己面对这些事物，即时生出的部分。是应激反应之下，应时、应景状态下的那个自己——是一个自己也会陌生的自己；是为别人、别的事物，暂时存在并为此临时修葺成的那个自己。

迁徙和还乡，是这一二十年来两个重要的常见词语。由于多年的户籍制度和工作体制制度，中国地域上的随性迁徙几是人生的奢侈品。一旦因为工作等种种际遇离开故地，离开便几是终生。然后，终生期待还乡的心就生出来，这是中国传统文化中不可理喻的部分，或者是被我们理解错的部分。

我理解的还乡，不必是非得回到某个地方，而是回到只有某个地域才可以承载的、自己那一时的心灵。只是有一天，能回到自己就好。“乡”不必具体于某个地理方位。

早不再诸事急切，怎么赶都是一天。

迷茫时，每个人总会短暂地寄望于宗教对个人精神发出拯救。随着成长，才会越来越明白：无论谁，现在住在哪儿，曾经住在哪儿，将来住在哪儿，曾经是谁，现在是谁，将来是谁，也无论过得贫困富足，于自然天地、世界，都是随时可以被取代，被各种自然之力吞噬掉的一个，是可以被无限复制出来的一个——这世间，与己同质的人无数。

所以，不必要为一己之生、之息，一时之意气风发、之暗淡而耿耿于怀。生且欢喜，去且淡然。

对于一个人，住在多大的房屋中，有多少属于自己和能跟自己一路随行的物质，衣食够用之外，不须介意很多。它们于一个人人生的长度，没有重要作用。对于人生，我很介意它的长度。

我认真工作，那是我内心的信仰，而非出于对金钱和物质的热爱。我对金钱的所有热爱，止于够衣食之用和养好长辈儿女。

我在哪里都可以停留。虽然我不足够浩瀚。

在哪我都可以住上一生，也可以离开。我住下，哪里都可以称之为家。我做一件什么工作都好。这些都只是简单的谋生能力。我的矫情、虚荣，喜欢谈论一些虚无事物，那只是我没有为某些人及时裁下的毛边。

前几日去了一次华西村。在金塔路，看到很多塔式建筑。当时心下就思量做这些建筑的，或可有宝塔山情结。路边全是店铺，使我疑心这华西，也不是不食人间烟火的：兰州的拉面店，没隔五十米，有两处；福建的沙县小吃，在很多省份的城市中都见过，居然亦未省略过这一村；然后是剪头发的店、水果店、卖手机的店、服装店、鸭血粉丝店、小饭店。

骑了三轮车卖蔬菜、豆腐的妇人，在沿街叫卖。染了黄头发的少年当街吸着烟，路边一路挂着很大的标语口号。这是国外很多地方难见的一种景象，若论中国特色在物中的反应，我想应无法略过这些标语横幅的作用。

街道很清洁，绿化非常好，树木荫荫，很多店铺里响着音乐。路边亦看到有鲜明指示牌：紧急避难场所。这个指示在其他一些城市目前还鲜见。

街上这么多店，开店的亦是乡音复杂。小小一村，居然有那么大的声名，招纳到无数外来者：山东的、福建的、甘肃的、安徽的、本省各市的。羁旅奔波，这样多的外来者奔赴于此，多是为一份小生计罢。一家人的饱暖而已。

慢慢走，试问了几个人，没有遇到一个只是单纯地怀了喜欢一个地方的闲心而来长居的。

塔群宾馆对街的福建沙县小吃，据店主人讲开了十二年了。十二在中国是一个特别的数字。一个人最华美的一季青春算一算，差不多也就十二年。

生活禁不起回看，某一天回头一看，生活在哪里不是一样程序？柴米烟火，油盐酱醋，一日三餐，朝起暮眠。只是哪儿的生计容易做，哪些地方同样努力也不容易获得够用收入而已。区别只是在此。

论起一生怎么是过得好，与过得不好，以物质理想计，每个人的愿望总是从自身出发而有不同。若以精神计，在物质理想没抵达预期前，哪个人又能真正深问过自己内心？

4　这块布已变得多么不规则和零碎

前天的太阳，还是暖暖，中午当心时，一件衬衫也觉得热。“中午当心”这个词，我从楼下一位老人口中听来，觉得真是好，一定要用它一用才甘心。将正午称之为“中午当心”，真是把一句话说到胸口，贴了自己人心肺的感觉。而隔了一天之后，就这么冷了，像一个我没法对付的脾气不稳定的小孩。

上午步行去市博物馆，去看齐白石的画。这一批真迹，从湖南博物馆千里迢迢被运来。一个上午，我在那些画前慢慢走过，一张张看。它们明天就回去了，隔了那么多事，隔了人来人往，已经没有了初画下时的温度。天气的凉薄里，散着淡淡霉味，不知来自哪一幅。那些涂抹上去的颜色，都很安静，仿佛知道生下它的那个母亲，终究会离开。

今年，我搬进了古淮河北岸的房子。这一条古淮河，曾名为黄河故道。我住北岸。岸上是密密的树林、草地，隔了树林、草地，是一片一片的房子。秋天的晚上，蛙声听不到了。

站在晚上的窗前或露台上，总是一抬头，就看到四处的房顶，好多灯次递熄掉的场面。然后，夜深了，小孩子们要等一个天亮再次去学校，大人们，也正等着让一场睡眠还回白天用掉的力气。

淮安的地图是一只龟的体象。信风水的人呼龟为瑞龟。打开地图，淮河北岸樱花路之间这一小段，正是龟背位置，古淮河正好在此打了一个弯，怀抱了这龟背。山南水北为阳，所以这一块，聚集着盖了很多房子。有一阵子，我会天天抱了两本从香港带回的风水师们的论著钻研，还交了一个专以看风水为业的风水师朋友。天下理论，虽有无限的开枝散叶，但理出一处。一本书自然是有千百个人来看，但是，与一本书的心神交会亦是因缘，每个人自会从书中看到不同。所谓各修各业，各有心得。抱这样的书在手，有一刹那，觉得要下决心，就也可以去做个风水师了，但是，只是一想而过，小孩子过家家一样。人大了，没有长远去爱一件事的心了。

我每天晚上都会路过一次河岸。看到岸边的夜正下来，能听到水的波纹在扩大、产生或消减的声音。也总是会忍不住停下车，看一看这树和河水。

这城里居然会有这么静的地方，离我在市中心位置的办公室骑单车三十分钟多些的路程——如果我再快一些，差不多二十分钟就到了。开汽车，因为人多，要停车泊车，也是二十分钟这样。

自行车丢了一辆又一辆，我还是喜欢自行车。我每天要过一次承德路上的那一座黄河桥，桥上有卖水果的、小青菜的。我若骑自行车，总会停下看一看。觉得每天看到路边开着的花，看到那些正被卖着的水果，新出锅的馒头、包子，我就安心，知道有它们在就好，它们在就一切俱在似的。

我心里是欢喜而安定的，它们是我觉得生命有不可思议的香气的部分。

这些年，这城一围一围向外扩展着。中心所在也总是为各种名义下的行政规划牵动着，变得分散。为新建的楼房争取一个比较高的卖价，这些都是举措之一。

近些年的城市发展，皆是围绕土地的争夺、买卖而起并分段。人类总是不太擅长于长远规划，这与人自身的生命长度有关。

一百年之外的事，就是隔了两三代之事和死亡之后了。

如果自然是一块布，每一代人剪刀在手，所做的裁剪，都是凭自己心意的——将好剪裁的眼前的一块剪下，去做成合自己今天心意的衣服。不管下一代人再剪时，这块布已变得多么不规则和零碎。

5 立　冬

昨晚从街上过来，看到半街的人穿了棉衣了，进入十一月了。我穿了厚厚外套、戴了手套还是觉得冷而不是凉了。秋天仿佛还没过完，冬天却满天满地来了。

春天才绿的树，好像还没有绿够，就要脱下这一件绿的衣裳了。少女新嫁，才穿上几天的新衣，就要脱下来去洗手做羹汤了。衣橱里的衣裳，有多少件只是放旧的，而不是穿旧的。

一时一地，那一件衣裳，只是为那一个年纪的自己。衣服从不等谁，也无耐心去陪伴谁。它只是一直以它的新鲜来让人为它甘心陪衬。

河边，树林，微风，灯火……水流的呼吸，时间是晚上九时半。我走在古淮河岸边。我从没有这么近的在一个夜晚独自走到河的最边上。

一层层深下的夜。它像一张棉被，温柔地盖下来，盖住大地上的一切，盖住我，把我从头包到脚。使我身体慢慢变暖的，不是我的运动，是它的遮盖。

听到风过来时枝叶的密密低语，小儿女一样的头碰头在河水的光中。真想停下来，就站在那，拉住光阴让它停下。

我看到夜在星空下静静睡去的样子。看到它睡的样子，也看过它醒来的样子。看到大地打开自己，怀抱着一个夜，那么甜蜜安然的拥抱。心里忽然没有对黑暗的恐惧了，也似不再害怕孤独了。我看到才开始的一个季节，慢慢地来临，一个轮回慢慢地清晰地显出轮廓。

我伸出手，碰到星光，接到神秘自然捧出的这个立冬之夜。有点凉，像一颗糖果，又像花朵开出来，它是被谁所带来？它把我带回到我没过好的时代，然后，让我重过了一遍。它把从前我恼它没有陪好的部分补还。

一河的灯火，像点亮的宴会上的烛光。我走在它旁边，仿佛所有我见过的好事物都在眼前，能被我拥抱到。

今日立冬，又一个“年”要结束了。也是又一个“年”要开始了。心里有点不平静，但也是知道，伸出手，也留它不住。我不喜欢有情绪时的自己，这使我有难以掩饰的不堪。

6　把自己裹紧了送到衣服里

午睡在枕上，即听到细细的雨丝丝落下的声音，还是冷了。小区的供暖仍没有开始。回到房间里，比外面还要冷似的。热汤热水温不过来的凉。

过了很多冬天了，还是会怕冬天的冷。这冷，和去年一样吗？和前年一样吗？和我过过的每一年都一样吗？

去年的棉衣，前年的棉衣，被许多棉衣服陪着而过的季节，人在这样棉的、厚的衣服里，也会生出依赖，让一件衣服来挡掉寒风冷雪。小时候守在火盆边上化冻秋梨吃，那是有十足暖的房间环境打底，才不怕触那梨上的一层冰壳，才欢欢喜喜剥它。

现在这样，无论如何不会想去化一只梨来尝。可还是不想加衣裳，觉得穿得厚了也笨。还是没到冬天。然而，秋天，终于要因为这一场场雨过去了，这一场场雨，是天地在将它相送，送它又陪了人这样一程。

这世界上，每一条路上，都有千万途经于你走过和正走的地方的脚步，脚步声惊动一个一个暗夜。然而，你仍旧是孤独的。前后左右都是冬天。都是人，每个人把自己裹紧了送到衣服里。

7　我有壳

一早听到车载广播，今天是感恩节，也是小雪节气，很多北方的城市都下过几场雪了。记忆里我住的城市在小雪左右也下过雪，纷纷扬扬的雪，把人带到冬天。

昨天清晨淮上大雨如注，因为没在街上，所以没太关注它几时才歇。今天亦是没有太阳的一天，天晚时又淅淅沥沥漏下雨水，很飘忽的，春雨毛茸茸的样子。

街边卖菜的、卖橘子的都没有动，想来他们知道这样的雨下下亦无妨。他们照旧把菜摊在地上，橘子堆在车斗里，我听到喊：下雨了，橘子降价，三块五一斤。

买了肉骨头回来煮汤，也买了大白菜。一个男人对七毛一斤的菜说：五毛吧。一个在他前面的人，回过头说：老人家种的菜七毛就七毛吧。旁边另一个姑娘附和：是啊。我看到那男人忽然不好意思了，手伸到头上，说：是啊，老人家这么大年纪了。

看到一街上一车一车的秋菜正在上市。家人说：我们天天坐这里，想想把菜子种成菜，卖几车菜才能卖到一百块啊。这一代人，对古老的农业种植，真正的衣食所出，早已毫无敬畏心。当我们浪费粮食，当我们在那些仍躬耕垄亩的人面前已无羞愧之心，甚至觉得自己是高高在上于他们时，真是人性至深的溃败。

河边的树都落叶了，无边落木，万里悲秋——我又从一个秋天走过了。这个城市里所有秋光再一次被深藏至无形影了。

这个秋天，我的心情有时亦不太好，但每天也跌跌碰碰地过了。又是一年岁尾。成长、离开和回归，不只是个体生命对命运的选择，亦将是自然规律，唯有顺应。有时，我开着车，从我所在的区到这城市的另一个区，在天越来越亮的时候，我看到太阳正升起。或者，在天越来越黑下来的时候，偶尔绕行到城市外围，看到田地间灯火，看到我白天看到的一切在傍晚到来时，忽然沉静下去。把自己放逐于大地上的感觉总是奇异的。有时从这城中出去，看窗外一路所过、田畴间风物，从一个城市到另一个城市是怎样的路？是多少次这样的行程，连缀在一个人与他的时间之间？

这城市，是否是一个人建家园之城市，很多时候，只是一个被动的行为。

也会有一天，我将哪里都不爱，什么都不再要。我只想做一个地方偶来的暂居者。我不在任何地方长时间停留，也无任何地方可被我称为“家园”。

我停留过的某个城市，亦不须记取这些来去。我单方面记在今日这纸上的，时间也都会帮我慢慢擦去。

我承认我生命内部的琐碎分裂，但好在我有一个虽然薄但还结实的壳，使这一切得以被蒙起来包藏。

晚上看到邻居老人，问我可否知道今天是感恩节，我如实答：也是近几年才听说。

8 交　冬

昨天冬至进九，据说这一天是北半球全年中白天最短、夜晚最长的一天。我这些年一直记录淮阴冬至这天的天气，以验民间所谓“晴冬烂年”的说法是否正确。连续几年记下，果然应验。即冬至这天若下雨下雪，春节那天则会出现艳阳，反之，若冬至这天晴天万里，则春节就会阴天，或有雨雪。

冬至到了，真正的冬天又开始了。民间所谓交冬了。这一个“交”字，实在用得闪亮而不凡。由这季节之“交冬”，让我想及淮阴城里的“交生日”之仪——淮上人家嫁女儿，嫁过后，还要“交生日”。

“交生日”的排场很隆重。新妇过门，若在婚前才过了生日，那就等下一个——也就是说，“交生日”的时间就是新妇在婆家过的第一个生日。婆家、娘家所有至亲都要请到。这个生日宴由娘家筹办，意即从此给这姑娘过生日的重任要交给婆家了，有让婆家珍重相待的意思。

我亦问过仪式。这一宴乡风是娘家办酒。但新风气以来，没有了那些烦冗理论，也有婆家人主办的。都是自家儿女，已可不必拘泥于礼。这个仪式至今流传，足见旧时淮阴城里人家，对女儿心重。一直想参加一个交生日宴，亦多年未遇。一是我非本城世居，又是女子，城里无至亲；二是此宴多是私人宴，外人去恐亦不便。但这个礼数实让我看到朴实人家待儿女的一番柔软心怀。

人事、节令如此有交有接，足见一切情长可续。淮阴城里每年过冬至，也都是一番郑重和热闹。平常日子中向前盼的滋味，也许很多就从这节中来。这一天，一城的人几乎家家置酒，户户焚香。

此地有“早清明、晚大冬”之说，这是在时间上为忙碌的人考虑了便利。春天阳气好，清明上坟可早早去，去过了还可以去忙其他事情。天暖正好春种，时间金贵。冬至则上下午皆宜。民间风仪里还可以不去上坟，只是在家中摆香案，或只是到十字路口焚些纸钱。

冬至是二十四节中最先定下的一个节气，有如万事之有始。昨天和一个同事算此地冬天在的时间，从冬至起，冬天也就两个月。

冷热只是自然节气，只是人生所遇诸多事象之一。所以，冬天开始时，不要再想有多么的冷在到来，不用再怕冷。也许天气的冷也会使我们看人世的心更平。

昨天夜里，是下了一点雨的，起来却是响亮晴天。被子抱上露台，一会棉花就蓬蓬松松地吸满了太阳光。所有的床单晾上露台，有三月小阳春的透亮。去年的冬至夜，也是下了点雨的，而且连缀了之前半天的雨。

夜晚又早早就到了。树木在冬天里显得更安静清肃，古淮河就在我所住的房子前面，还在流着，还没有结冰，但那水的凉气远远就感觉得到了。冬天到了，冬天也就快过去了，希望每一天慢一些，日子是不禁过的。

9　它把我需要的带来

下了一天一夜的雪，早上太阳一出来，就滴滴答答化了。太阳那么好，隔着一层胸脯肉的心都晒到了。一年到尾，太阳总是能知疼知热的那个，它知道我冷，它知道我觉得夜晚漫长，它把我需要的带来。

大地是怎样一种存在？长出鲜花，长出谷物，长出果树，长出人世所需要的一切，且每一样都生得有模有样——苹果是苹果的味道，樱桃是樱桃的味道，每一种都不一样，却同为它所出。

它爱它生的每一个，对“人”这种生物尤有特别恩情——以它所生长的一切养育人，使人有别于其他生物的特权。可以自主完成行走挪移，有劳作的力量，有精神判断，并各有一颗独一无二的“心”，有不同容貌、不同意识、不同眼界。有看得见的血液骨骼和不外化的情绪，除了呼吸而外可以发出独特的声音——一人一种，一族一种，各不相同，并会使用它们以达成智慧。还有眼泪供人做表达之用。它生出有价之物，也生无价之物，它不轻视任何，也不让任何一物感觉自己的无益。

雨雪亦是自然。隔了几天雨雪后再见太阳，看了只是无端亲切。使我想伸出手臂去抱它，如果我可以去抱到它。

我看到它照到房顶上，照到窗子的大玻璃上，照到房间中的地板上，照到被子上，照到落尽了叶子的树枝上，到处都是亮的，都是暖的，使我觉得，它从来都在，无处不在，一直都是紧紧跟着我们的那个。我想给它起一个名字，用可以让我以不变之心去看待的一个人的小名，我要用这个小名来呼唤它。

正午之后，阳光依然满床，搬一只小板凳，到窗子前，用床当桌子，看新买的一件衣服。屋子静静，听得见阳光移动的气息声——我明白，它是万物的。它不为任何光景停留，不为任何人单独存在。它是自己，来去无碍。

人世之常，亦不须它有所思量。它在与不在，只是生活现象之一。我不约它，它亦不必顾我。它今天在这，我看到四处的暖和亮。它不在，我亦知它隔一段总会来。它每天来时，我都不用迎候；它每晚落去，我也不用和它郑重告别。

七　物皆如客

1　一册年历

虽然一直把旧历除夕夜当新年夜，可每到阳历新年这一天，总是要把旧的日历收起来，换一本新的了。这从来都是我感到怅然的时刻，那么多个日子，又是怎么被我用掉了——用到了哪些事上？穿过的哪些件衣服上？还是哪个人那儿？密密麻麻记在每个过去的日子之下的那些小备注和提示，是我如何经过一天、一周、一月的痕迹。这样更换掉旧台历的一天，又来了一个。

这是一场雪后的一天。空气里还有雪没化掉的甜味。忽然间觉得我爱上了这个冬天——内心在想它能过得慢一些，再慢一些，仿佛我已走不了那么快了。

我需要请它，等一等我，等等我的不知天高地厚，等等我的二二乎乎，我的不愉快，等等我清理一下自己。我须要对自己进行一次放弃和晾晒。

我需要时间帮我化解和绕开一些我无力面对的坚固部分。也许要更多声说“谢谢”，对我遇到的友爱，每一件给我带来信心、勇气的事情。谢谢这一年，它带来新的——生命如何与“我”共存的体验。也许有些体验，给我更多时间我也无法完成。谢谢所有有“同行”的路，谢谢即便我停下来，走得缓慢，也没被耻笑。

所有的，在这一年的风中雨中走着的人，愿同得上苍分出的眷顾。

昨天去商场买了新衣裳，今天穿起来了，衬衫和薄薄的线衣外套，并不遮风，但因为是新的，所以穿上也是暖洋洋的感觉。二九第二天了，再过上三周两周，冬天最冷时候也就过完了，气温也再不会下降了。

一路走，一路仰起头看天空。灰灰的、稳稳的，又淡定又安详。它存在，对我，对每个人来说就是一种护佑。大地有结结实实的臂膀，天空有辽阔而均匀的笼罩。这天、这地，长在就好。不喜欢高楼，一是反感城市的商业化对土地价值的无限榨取，使我住在房子里的时候，脚下是别人的楼顶而不是大地，头上不是天空只是别人家地板，这种感觉不踏实。而且我不敢大声说话，怕某个物品掉到地上别人家就被打扰，我不是不会在集体居住的环境中生活，只是处处担心这种种经济联接的扰人。

这是我需要自己门前有一块地的唯一理由。我可以偶尔在这地上坐一会。我才有勇气平放我的心在大地之上。我也以此距离得以告诉它，因为它在，一个人将不会轻易被任何外力所打击到，它是我和周遭万事万物的屏障。和那个好一点的自己之间，少一点沟坎。

有一天，我们都会被生活收去所有力气。可是，走到那一天时，要不至于让人看起来太神情僵硬，并近于已没了人的气息和气味。

2　我离开原地了

有太阳，通过玻璃漏到房间里，它是暖洋洋的。可是，一到外面，却很冷，水在地上都结了冰了。未化的雪，化掉的雪又冻起来，都冰冰凉地铺在地面上，寒气一夜比一夜重了。

这个冬天，已经最深地抵达了这个城市，抵达了人群。好在，人总是不容易因为冷而怎么样的，人总是寒暖皆能忍得的一类，并且在心里也能装得下。不是一只碗、一只瓦罐那样，到了冬天盛上一碗水第二天就冻裂了——连一碗水都禁不住。

天一冷，很多物就不中用了。大地，也冻得收紧了自己，不开花不结果了。天气再冷，对于人，也只是加一件衣和减一件衣的事。外部的自然亦是命运的自然，一个人与这天气之间如果可以有一条路，那很好，没有，也会有办法过去。

这个冬天，我哪儿也没去。办公室、上下班的路、家里，只这些地方。我忽然不再喜欢在途中的感觉，也仿佛再没有可以打动我的山水，我只想安安心心地待在一间房子里，一点点经心地过掉我的日子。

我也不再觉得每年都要回一次老家。也不再觉得我现在住的城市有什么不好，也不再觉得哪里是否好一些，思想里忽然没有了这些比较。就像我会面对一些人，对我好一些，坏一些，也再没有什么不甘心。

一夜一夜过来，仍然会有中间醒一会的时候。如果醒的时间长，会伸手摸一本书翻两下，也会只是闭着眼，什么也不想地过掉这醒着一会的时间。过去的每一天，我努力地、认真地工作着，并做着家中的各种事务。这是我一直的生活内容，因为这些，是没有人可以替代的部分。而且除了这些，我都不会，也都没有尝试过。面对时间，我一直羞于谈内心感受，因为，它对我是没有意义的。它须要看到的，只是一个女人一直能心态平和地在路上背负着该背负的。它有着严母一样看人的眼睛，它希望看到这样的景象。因为它知道一个有了小孩子的人，需要一个这样的态度——无声地向小孩子们传递只有这样面对生活才正确。它需要我在这样一个位置站好。

时间怎么一点一点流逝，钟表的滴答声，水流地动，草木的枯荣，人际的喧闹和互相怨恨，病痛，婚姻，都是时间剥蚀生命的器械。带给我们成熟的，也必带给我们阻碍。

有一天，我也可能会轻轻说一声："我不站在原地了。"那时，都请不要挽留。

3　有一天，热爱的也可以不爱

昨天，煮了一锅猪蹄汤。早上，一碗热热的猪蹄汤，一只苹果。房间里到处升起苹果的清新气息和猪蹄汤的热气。然后，出去骑单车，这是我一直没有停止喜欢的运动。我住的小区外围是四条比较直的路，我住过来后就把它当操场的跑道。

这样一个早晨，太阳刚要升起，我戴着一双薄手套，呼啸着骑在一辆单车上。最近几年，忽然不喜欢跑步了，只喜欢单车。我一定是怕孤独的年纪了，孤独到有一辆单车陪我，也当是有依赖。行人的棉衣都穿得厚厚了，我每年到冬至，可能还是一条裤子。所以，我是没有一件毛线裤的。衬衫加毛衣，再加一个外套，已近是我在冬天最厚的穿戴。骑了两圈，已经一点不觉得有风透衣裤的冷了。

运动带给一个人的感觉是暖和而私密的，每一个人心里，都有体会。当你在晨风里，在一辆单车上，呼啸着风驰电掣，晨风会把你心里的很多尘土吹掉——你不愿说出和面对的，想逃避的。风只有在这个角度，才可以做到这么好。因为并不是任何一场晨风，都会帮你把不快乐、委屈融解，或帮你把它们连根从你的血肉里一一剔除。

有一天，我们热爱过的，都可以不再热爱。以为会热爱一生的人、事物，也会为各种缘由而停止。比如，我以为我会一直喜欢爬山，攀登到高处，瞭望我看不到的世界。可是，有些山，也是让人失望的。它有时在一场雨中，有时是雾，有时竟是喧哗得人如潮水。而我，一直是不喜欢往人多处去挤的那一个，我慢慢后退，轻轻地站到人边上。然后独自悄悄地回还。有时是被阻碍的行程，可是，就因为一点外力轻微的一时阻碍，在以后的时间中，就再没有重来。仿佛和一个并没有道别，以为可以无数次再见的人，一转身，再没见到。这些年，艰涩的书也已不再强迫自己去看，不喜欢的人事亦不会勉强自己去靠近。也不再置业。期待在新的一年里，只向劳动、自然和运动要一份喜悦和安宁。

4　被很多虚无的东西掺杂

昨晚出单位大楼，碰上同事，抱了一大抱红盒子装好的茶馓，一定要派我几个，为难不过，收下。说的却是：那以后你抱它下楼都要遇到我。

淮上的老人将白开水也是称为茶的。我以前不知这细小的、面炸的粉丝样丝丝相环的小食物为何叫茶馓，后来明白，它在淮上人家的食物谱系里，是要就茶吃的。所以，这一座城里，茶通常的概念不是以制作工序、产地分，是以有无茶叶在水中分。白开水中放了茶叶是谓“茶叶茶”，放了糖是谓“糖茶”，什么也不放的一杯白开水，则是“白水茶”。

茶馓吃法，一是用白开水泡面那样泡了吃，二是一边喝着茶一边用手一根根捉了来吃。喜欢茶叶茶的，就茶叶茶吃；上年纪的，怕喝了茶叶茶更难入睡，则就白开水茶吃；生小孩的女人，就红糖茶水吃。

淮安街上，菜场角落，常会见一只大锅，下面炭火，上面横一锅碧青菜子油，就是炸馓子的。也有不用菜子油，用豆油掺上麻油的，是谓麻油茶馓。

一堆白面粉，面必须是上等精白好面。面粉中和进少量盐，揉到一定火候，最后一根根拉细，拉得比兰州拉面还细，是丝线那样的细，拉好一道就过油绕在手上。在我看，那是与拉面差不多的一种工艺手法。

我年纪小些时，非常喜欢去访街上各种小东西，也不一定吃，但好奇，有时看一看也会跟吃了差不多的满足。听说哪里有名吃向哪里去。茶馓淮阴街上也有，菜场也有。我并不喜欢油腻的油炸食物，但茶馓有名，也偶去买了尝一尝。大好年华的人，若没尝到流传的美食，岂不是辜负物理。这些小食物，也不贵，皆只是几块钱而已。所以更觉人生中须多用珍重爱惜心待物。

我初尝茶馓时，并不十分中意。它与全国天南地北皆知的油条色泽差不多，只是更细，面条那样细，也是面做，却是一线线一环环绕着下进油锅的。出锅后，香酥脆嫩，有卷曲的美，像烫蓬的头发，又脆脆的，一碰就断。和做油条用同样的食材，工艺亦有相似处。有的人家，在它出锅时，还会洒上一点芝麻。

我后来听说虽是做茶馓，一样的手艺，每一家却都有不同。楚州区镇淮楼附近的街里，有世代做茶馓的人家，可惜一直没遂意访到。去过两次楚州，一次看是看到了，可因为有同行的人，不好意思停下个人脚步，影响集体时间。一次未遇。

有时，去一个地方，尝一样食物，都要有合意的同行者才好。昨天终于再访楚州，一路在新修的故意修出破旧感觉的石阶上走，一路买那些小东西来尝。尝过去，一家家，那一环环绕着的茶馓，都很生脆，有新油的香，不似其他油炸果子那样油味厚重，太大的油盖住了面的香。只是可惜，当时没有一杯茶在手配着吃。还有一种吃法，是用它下到面条里吃的，面好了，要出锅前，放一缕茶馓进去，一两分钟，再一起搭出来，那面就省了再放油了。而且，有异香。

有人直接用糖水泡了来吃，当早餐，这个吃法我不喜欢。书里说，苏东坡老师在海南吃到这样的食物，写过四句话："纤手搓来玉色匀，碧油煎出嫩黄深；夜来春睡浓于酒，压损佳人缠臂金"，如果写的是它，此物早就不是淮上独有，也不是近年的新类别，久远之前就有。

昨天，我还亲眼见了这小食物被敞亮地包进鲜红礼盒的样子，盒上所写：淮安特产，悠久独特，驰名中外。不管怎样，小东西终于被穿上一件又一件的新衣裳了，如这寂静街上待嫁的新娘。它卖得不贵，几块钱一斤，一斤又有很多。朴素的平民食物。在街上，有时热热的才出锅，金黄澄亮，看了真是可心。逛街的人都会称几两来尝。这样不费银钱又贴心的食物，并不是人生处处可见。

晚上回家，我绕了东大街。九月的街上，一只只做茶馓的锅，一律还支在我很多年前见它们的地方。在锅前忙的人，很多只是年轻的小媳妇。做这件事，一个人不够，要两个人。一个做，一个帮着看火和煎炸。那打下手的，多是年老一些，不知是婆婆，还是生母，或是另不相干的人。

淮上的媳妇据说都很伢，因为淮阴婆婆们据说拿架子的多，可儿子下半生的日子过起来也是要这媳妇搭着忙的，也要哄哄。

旁人家的女孩，到自己家来朝里日里忙，就是长工也是要娇纵一些的。而且这油烟，最伤人，我有时看那一天站在茶馓油锅前的小媳妇，都心疼得舍不得。之所以断定为小媳妇，我的理论基础是：油锅前一站，一个围裙，一天下来就油了，出来得早，头发也梳不齐，已经顾不到美了，还有那手，伸出来，也不是小姑娘细嫩的手了，是料理过无尽家事，拙于保养的手。哪家未嫁的小姑娘，父母舍得让她站在一锅油前，一站一天，一站一年。

小姑娘要留得好好的，留给“旁人家”里去干活。到了“旁人家”，要干什么活，那是她的命了。总之，做父母的心是，不管怎样，嫁出去时要一定是一个好好的受了无尽疼爱的皮白肉嫩的小姑娘，不是没被心疼过的。父母的心也只能疼她到这一层了。

以前看书，书中提到旧时一对夫妇游春：一树山花一树明，照山照水夫妻行，长亭买酒郎斟妾，妾惜金钱郎惜情。看来世间很多情分，是须要一些小东西来帮助传递表达的，淡如一杯薄酒，在不同人的不同时刻，总也会附加很多额外的东西——也许虚无，可是，人生就是这样的，被很多虚无的东西掺杂着，我们的人生本就不是纯洁的。

5　滚八开

冬天的街上还是有那么多人，于我也是奇怪的。北方称过冬天为猫冬，猫起来的猫，靠着火，在房子里，北风和雪都留到街上，爱下到哪下到哪，真是有人生阔气的感觉。

淮安城里的冬天，不知为什么无供暖。想取暖，一靠晒上午的阳光，二是靠捂晚上的棉被。我初觉冷时，一晚盖三床棉被而不觉重。

入冬了，菜场里菜的品类仍不见减，那是温室的成果。我不喜欢不在当季的蔬菜，逆天时地气的东西，会让人有轻薄了时令的感觉。所以，我冬天去菜场，常常的，只是带些萝卜、白菜回来，好像不知人世宴上要有华丽场面。我每看那各式蔬果中于季不当时的，看了竟皆是不喜，有如看到幼儿未成年就被长辈驱赶出来做大人事情。我亦每以此牵强附会，所衷食材有限，厨艺也自然不容易提高。

昨晚冷得实在觉得什么事都无以将我平复。我提了包，披头散发，逛了冬天的三个街，要逛第四条时才觉得身上有了热气，不那么冷了。想来淮上的冬天是不禁人三逛的。

我逛街时，常会乱吃东西。看陌生人聚在那讲家长里短而不戒我，感觉也有意思。我就那么大大方方在他们一旁，听他们的一口方言。我会自觉地收了大半我对人生的不服气起来。也不自卑了：哎，他们也不过是如此地过日子嘛，也家长里短嘛。心里竟是找到了底气和知音。然后再四处东张西望一会。

师专路校门口的店，我不常去。但每去给我最大的开心就是店主开口的问候："这个同学你等下"，"没自习啊？"然后，我围巾也看看，包包也看看，两块钱一个的化妆盒也拿手里看看，指甲油也扒出来点试试。逛到高兴，拿起电话，打电话，大喊大叫，一点没有庄严。再逛一会，也没逛到新东西，只是消磨到要睡觉时间，回去洗澡睡觉。

昨晚看到一对吵架的，一直听淮安人骂人奇怪：滚八开。我以前一直不懂什么意思，后来经人指点才知道，淮阴的殡葬馆在淮阴城向北国道八公里处——8k，那个醒目路碑，就在馆正门对面。前些日子，我在那停车时看到这个路牌。这样的骂也够刻薄和委婉，让一个好好活着的本地人滚到那个路牌指示地去，竟使很多本地人亦要转几个弯才懂。而这句话，据说已流传多年。

我真是叹服语言在民间的精粹和能够如此被发扬，而且其中这个"开"，还是用了音译。发明并运用这一个词的，想必亦是读书人，竟将语言技术上谈到的修辞手法用在里面，真是有文化的一个。旧时真正研武之人讲究习武有道，防身、健体，或再拔高一些，路见不平，为天下苍生计，但不能打家劫舍欺负人。所以，人世的事，道德始是人生根本。用这样一句深奥的话责人问事，实是没有浪费了才情和心力。

6 腊　七

今天是腊七，民谚中认为一年中最冷的日子。

最近，因为天气常有雾，我放慢了骑脚踏车的速度，以前从单位到我住的小区是二十二三分钟这样，现在要半小时。我是慢吞吞地东张张西望望地踏着它。昨晚风冷，觉得手套薄得冻手。今天，同样的手套，却不觉得。

冬令时开始后，作息时间调整。上午十一点半下班，下午两点上班，没有特别情况，我不迟到早退。觉得工作和家中时间分清比较好，让自己也有个界限。往返一次路上占掉的时间是一个小时多些，可是我总当它是健身房里的锻炼。没有加班，我更不赖在办公室，这样中午还能回家里睡半小时或二十分钟。办公室不是休息处，会睡不好。而且，我从没有在办公室午休的习惯。

节气的冷暖在农历上显得最清楚，这旧历十二月一过，冬天也将了了，春暖花开就跟在其后。早上过古淮河边时，看到几辆车拖着树停在路边，最近经常看到这些移树、种树的车。

今天这车上的树，有两棵我认得，一棵是柳树，长长的枝条被一束束像小姑娘梳头发那样扎起。还有一棵，是银杏。树根上都带着泥土，被厚厚的布包起来。有些人在挖坑，不知从哪挖来的树。不知为什么要在这个时令移栽。每一棵都很大，一棵就装满了一辆大卡车。它们在夜里挖出，又总是在这天未亮透时植下，难道是怕它白天时移来会认得回家的路，怕它知道给它换了一个地方生根而不愿活下去？

植树的理论和禁忌我不懂。可是，看到这几棵在睡眠中被移动的树，隐隐心动。一棵树，也有它的长辈，也有它的亲人吗？它曾和谁一起长大，然后被我们人为地将它们分开。一分开，无论成活与否，都再不会同以前的树木再见。

长江以北的腊月，土层还能挖动，上冻不深。再北一点的地方，这个节令移种树木，别说是否移活，那土层，即使是镐头，也是撬不动的——大地一进九就冻得铁打一样了。

7　能安顿和照耀灵魂的

昨天早上醒来，居然发现下了一夜雨。秋天从一场雨中回去，春天从一场雨中来，这个冬天，也将这么缓慢地过完。如此沉默，如此清冷，像我们，又被这样一个爱了一次。

它并不温和，也有脾气。但他忠诚持重，一步不舍地陪着我们。我们并不很爱它，总是用了很多力气才能与它平静相处。

心里以为的那个可以牵手同行的人，好像总不是它。我们喜欢高高在上的事物，像天空，走在哪里，它都能无限在的。或者对爱人能虚心谦卑如大地，白天，它支撑我们行走，而夜晚，我睡下，睡在哪儿皆如睡在它胸膛。可倚靠的、能安顿照耀灵魂的，我们爱的，总是这样一个。

8　除尘日

旧历年忽然就到了。这两天的大部分时间在清洗冰箱碗碟，又请人帮我整理庭院。窗子前几日已清洗好。

有很多碗碟，一年中也没有用到。可是，过年了，它们也须要在清水里洗过，否则，那些积落的灰尘，总不像在碗碟上，像在我心上。总要把各处都用清水和新布过一遍，拭一遍，才觉得心里安然，觉得没有辜负它们对我一年又一年的陪伴。非是惜物，是惜它们和我一样，又平静淡然过了这一年。没被一些恶心的事气着，也没被那些总不盼你过得好、又貌似和你熟悉并值你信任的人给伤害。

很多物品，用一个姿势待了一年，可能也有点疲倦，重新摆摆正。年不是只给人过的，所有的事物，它们也须要用新的精神来打开下一年的年光。也许时间，总也要经过这些被清水洗过的事物，经过一个女人的手温，才会亮闪闪、明净净地知道它自己在轮回中，如何被人所爱。

门也洗净了。去年的春联还好好的，旧的揭下，新的贴上，新的一年就要在两天后的子夜到来了。贴春联要在年二十九，可是，因为明天就要出发，这个二十九，我当已在新德里了。这个春联，贴得早了一点，可是，它被我贴得如此端正、庄严，彼时，天又无风，手触在铜铁的门上也不冷，一定是它收下我的谦卑和歉意在它的眉目中了。

9　物皆如客

下午骑自行车带了六七件棉衣送去洗衣店，我叮咛洗衣阿姨请她一件件分开洗，我自己爱惜衣物，从来都是一件一件洗。这是新年后第一次上街。仍是裹在厚厚冬装里的大人、小孩；仍是那些青菜、土豆在卖。

路过水果店，买了草莓、苹果、一篮葡萄。一路带着这些，又穿街走巷回来。下午的阳光并不暖，梅花的粉从一层层花瓣里涌出来，照得人眼睛睁不开。

我停在路边看这些梅花，看柳树，看这条我天天走的路。觉得这一个年，因为我不在现场——彼时我在另一个没有“年”这个节的国度，我或许可以因此而慢慢长这一岁了。

然后，又侧头看路左围墙内一户户人家门上贴的大红的春联，一句句并不生涩。对年光的愿望和祝福，一家家读过，我以为都已记住，现在，却忽然记不分明了。

“下午”总是用安静，慰问着每一个担心自己被浪费的人。我打开笔记本，想列下我这一两天要做的事：

手机屏坏了，昨天去修可并没修好，还要再去另一个维修店；

新买的电脑我放了快一年了仍没启用，要去装一个我熟悉的软件；

书房须要清理；

女儿有一盒彩色铅笔不知放哪了，要找出来；

我要去剪头发。

这些小事，不会因我做了它们而改变一些什么，也不会因我不做而有缺欠。

每天，我都只是街上行人之一。匆匆地，做着无限没有意义的事情，可也庆幸，生命也从没要求我每一天过得必有意义。有很多人完成了这世界有意义的部分，也要有一些人，来定义和填充这不需意义的部分。

晚上出去有事，回来开车过河边的树林，弯上绿化带中的泊位，想一个人在这里待会。家里并无外人，可每每在家，从楼上到楼下，总是看到衣服理一下，看到椅子去正一下，这些跟了我多年的物件，来了就成精了似的，有情意似的，在我眼前，都似会说话，天晴了也开心，被碰了也委屈。

一只碗好久不去用了，会生灰尘，像幼儿在想我帮它去洗澡。这世间，没有一件物什不需要和渴望身体的洁净、温暖。

花盆冷了会裂，爱阳光的植物淋了雨雪会枯萎，水里的根芽要换新鲜的水，庭院在想你天天给它打扫。

树木长久了，生出枝桠像等你帮它理发。这些有气息的物。

没气息的好像也会活过来，在家里。人和在一起的物久了，是会发生感情的，物本就会沾染人的精气而成为有灵的精怪的。

人一天天过下来，一天天跟在身边的总是这些物质……一直不执迷于置办物质，可日积月累下来，房屋里的桌子、板凳、书本、衣服、日用，还是一天天多起来，仿佛在固执地用它们集合四方的力，来羁绊一个女人的肉身。它们终于会幻化为人世的精神，成为留住你的一部分力量。

所以，在家中，总会把时间消耗在对它们的整理和洗涤上，就好像有客在，不好意思沉默，要端茶陪坐，要找一些话说……的情形，我有时，是没事在找事的做，我心里把它们，都待成我的客了。

梅花开得有七八分好了。柳树在朦胧地绿了。又看到一个春天在到来，心忽然静得像天空，云和风都停止流动时安然的天空，有抬起头够不到的远，也有看了让人忍不住想用手去摸一摸的蓝。

会被尘事堆积堵塞，也会被尘事所清空。

坐在车里，慢慢摇低椅子，闭上眼睛。这河边的树林，总是能默默地将人这种精神系统进化不完善的生物收留。

八　那重复到来的

1　我倚赖的

这周进五九。那些柳树，又等来了一个春天。重发不是去年花。这一个冬天，我们再次慢慢地熟悉了冷，眼见很多树叶在风中落掉，并知道它再不会重回枝上。

生活日新月异，仍要继续。它不等每一个迟疑的人，它只等，那活泼地跟着它比赛似的向前奔赴的人。

这个冬天，仍是好天气和坏天气同在。每一个到来的季节，都是一个人一生中唯一，从不是似曾相识。它从来只是，唯一而鲜明的自己，只为内心懂得它好的人所见，带给懂它的人成熟、承担、释然、微笑的力气。跟着它的脚步，看到每件事物发生、存在。

早上出去，满街是飞起的柳絮了。昨天还没有明显迹象，一夜之间，柳树老了，那是它也忽然长出白发了。一棵树，也会老，只是它的老，被安插在四月。

晚上去河边走，菜地里油菜花也渐开了，还有小麦、蚕豆，都绿起来了。菜地里有隐约的新坟。

河边这些地，本来无主，多是河边住的人早晚之间开垦来种，那是些喜欢耕种的人，喜欢春种秋收中去感受一天天的轮回。而我，只是一个偶尔来看的人，虽然我也住这河边。这也是我一直期待的，有一栋在河边的、门前有菜地、还可以种几棵树的房子。

很多个下午，我在河边走，看这些树。再晚一些，我会看到天黑下来的样子，看到天空，慢慢地静下来。如果是晴天，就抬头去看那么多的星星，一个在白天被无数小事情层层围困的人，也喜欢看看星星。

我有一张能摆下很多本书的桌子。我只摆喜欢的书在那，不喜欢的，统统放到其他地方。我有三个笔记本电脑，本来是两个，可是，在上一周，我又买了一个。新买的这一个，小姑娘给它起名“小果果”。之前的那一个淡紫色笔记本，也好用，只是慢一些，实际，并没坏，但是，偏也喜新厌旧了一次。

我有很多支好用的笔，墨水总是汩汩而下那种。我还有一个小熊图案的铅笔盒。原来有一个布的很普通，说不上不好，但也不是特别好，只是能用而已，后来不知放到哪去了。铅笔盒是我十年前在台北所买，看到它就觉得这才是我心里一直想要的铅笔盒的样子，一共买了两只。有一次参加聚会，一个两三岁的女小朋友看到我的铅笔盒抱住不放，因为她也喜欢那些图案，就送了小朋友，我开始启用这一只。它一直跟着我，用了这么多年我都没有扔掉。

我有喜欢的护肤品，也有几件我喜欢的白衬衫，这是我一年四季都喜欢的衣服颜色。我有一床蚕丝被子，有两条棉布被单。上次，在街上，买到了一只好看的小镜子。这些，都是我喜欢的。还有书包。

我喜欢的都是可以随时被我装在箱子里一路跟我走的，而不是那些笨重的椅子、器具。它们是我存在的信心，每一天都欢欢喜喜过下去的勇气。当然，还有一栋我喜欢的房子，种了我喜欢的树和其他植物的院子。我倚赖这些事物让我一天天过下去。

2 夜是让我活过来的事物

一直睡到快天黑，下楼喝了一杯茶。忽然看到滴水观音的大叶子黄了两三片。这一株植物，有将近两米那么高，被放在楼梯的转角那儿，太阳出来能透过玻璃照到的地方。

这几天都在下雨，它一定想念太阳了。雨再下下去，它的叶子就都要枯黄萎靡了。

天在我的眼前黑了多少次了。我不是无知无觉，只是没有细数。觉得它宽阔，觉得它安静，觉得它有情义，觉得要是等不来一个可以休息的夜晚，我就累得活不下去了。

夜是让我又活过来的事物之一。晚上参加一个婚礼，开宴前送了礼金就出来了。不到七点，但天已经黑了。古淮河北岸，这一条路仍没有几盏灯。路边是厚厚的林木，园林局用这里做苗圃。听到河水在流淌，天空是灰暗的蓝。我熄了火停车在路边，摇下车窗，在车里静坐。天完全不冷了。忽然只想，这么静静地坐一会。

夜的黑漫上来，被无数灯火照亮着的夜，它是否也会累，也孤独和茫然？人成长的标志是不再有情绪，是稳定和坚强，可我仍修炼不够。

午后整理以前的一些衣服，总因为打算长住了而把所有物品摆到了一起。几个从前的旧箱子，一一打开，那些衣服，还如昨天才买回，有新衣静静等着人来穿的气息。几件旗袍，依次试了一遍，还都穿得进去，可见这十年，我除了心智有变外，大致还并无其他变化。香云纱、蚕丝、棉布、各式白衬衫，曾是我最爱。

衣服不多，但每年也总是会添上几件。年深日久的累积，加上我的挑剔，所以能被买来的，一定是我喜欢的，也一直被我珍爱。

《呼兰河传》中有二伯，外看衣衫不净，心性小，亦常乏以同理心待人。寻常生活中偶尔的一刹那，总似会遇见的一个。他有一个细节，我因为见了心酸而一直不能忘掉：他每天早起，必把被子折叠齐整，用绳子捆好，那是他全部家当。他这样做法，只是为了随时可以离开。他所有家用，只这一份铺盖。他的内心，诸多的不如意，每天跟着，有一个可以随时开启的离开，是他一直的盼望——如能离开会多么可心啊。可是一天天，在重复中过去，每天都在计划离开，每一天都没有完成。

等到天黑，只好一个人再默默解开绳结，铺床拢被，睡下。等一个天亮。第二天，再如是理齐捆好——仿佛这新一天里，真正可以远走他乡了，可以远离这些不愿要、不甘心的生活了。可这个人，却一生，也没有离开他想离开的，甚至，他都没有换过房间，睡觉的地方。

这些年，我们陪着女儿，在她的学校附近辗转居住。一直跟着我们的，除了一两箱教辅书，一只电饭锅，一台笔记本电脑，就是两三箱各人的衣服。以至我现在有了大的衣柜后，对把衣服拿出挂进衣柜的事，似乎已生疏。这两只衣箱，让我想起有二伯的行李。

回到房间，喝了一杯茶，吃了几片饼干，去书房开了电脑。原来的电脑这次是真坏了，打不开了，那么多文件，还没来得及复制出来。这个新的电脑，三月份买的，我还没用习惯，还无法在这里处理文件，像我住过来都一年了，还没习惯把这一次的房子，当成我永久的居所。

3 雨 水

今天是雨水节气，七九也快过完了。天气预报说将有一场雪，没有等来雪，只是一个沉沉的阴天。

早上步行过街边，忽然看见小草已冒出青青的芽了。侧头看路边的柳树，枝条已晕出隐隐的青。时光又带来春风和雨水，带来万物的生长，也带来生的惆怅和喜悦。

山形依旧，卉木皆是无情之物。河流亦只自顾自一天天无声流淌——源源不竭，无穷无尽。伸出手，捉得住水流，捉得住沉沙，捉住的只是各人可以握下的一份，捉不住它所有。

忽明忽暗，明亮时，它是一个白天的形状。暗淡时，它是一个长夜的行迹。人生若果有百年，今日也早不是开始。若无百年，那余下的，是三十年，还是四十年，更短还是更长，并不可知。是否仍要寂寂地循附于各种规则律定，像很多走过了一生，才说没有好好活过的人那样活过，还是仍旧像过去的日子那样过。

内心，是一种收藏着什么的事物——给我们的每一天以各种情绪，给我们成长和感伤的都是些什么？出门时路过邻家，爷爷在听评剧《花为媒》，正唱到《报花名》一场。春光明媚的花园，水袖摇曳：春季里花开万物生，花红叶绿草青青，桃花艳，李花浓，杏花茂盛，扑人面的杨花飞满城。

……迎春花开一片金，转眼是新春。

七九河开，八九燕来。淮安城里的河终年是不冻的。按照节气表，今年是个迟来的春天。虽然没下过一场大雪，虽然，我最喜欢下雪了。

在一场雪里，到处是清洁的样子。一个世界都是平心静气的，一天一地尽可依赖。在每个冬天都经过这样一场雪的人，一定会有更了然的心看尘世，一定会自己生出肩膀，也不会再为任何遇到的事情陷入长期疑虑。

那是一个沾满了浮尘的人，在漫天飞雪的带动中，享受着一个人的清静行走，不须要分担，不须要陪伴。

天气预报里对今天的描述是：雨水虽至，河未开，燕未来，满天雾霾。这是上午的消息。因为手机放在包里，读到已是午后。据说此时天气是：天已渐渐散开云翳，风中也无初入九时的寒凉之气。

坐出租车出去办事，开车的师傅昨晚夜班，说昨夜九十点钟时，天上是飘了小清雪的，以为今天会下雪。我说，下也可能是雨了，这样的气温下不起大雪。师傅却郑重说：天想下自会下，我们家里有句老话，你可听过，九净花开寒不来，不出九，还都是冬天的界。

4　再不回枝上

晚上又起风了，白天的太阳还是好好的，是一个乱穿衣服的季节。二三月天气，正是太阳在八九岁年纪，淘气似的，一会在，一会不在。

何止太阳，就是我们成长至此，也无足够的成熟面对很多发生。真正的成熟，是谷穗终于被自己的沉弯向大地。弯下来，然后迸裂，再不回枝上。

了然，释怀，放下，是终于能够承认人的一百年，总是寂静独行时候多。有时候抬起头，正看到空中的明月，这个“空”是天空的空，也是空洞的空，它正照过那些我们看不懂的事，看不懂的人心。

乍暖还寒时候天气，街上很多人又穿上棉衣服了。气温是 13℃。从淮海路过到大治路，居然看到几个挑了担子卖花的。小盆的水仙，还有很多水竹，我不知学名是否是这个，一块钱一枝，很多人在挑。

卖着花，怀里放着小收音机。放的正是：“英台也爱把花戴”。可是，那另一个，却如此愚钝木讷：“贤弟本是男子汉，如何也爱戴花朵”。

前天从河边过，看到一行二十几个人披了麻绳，头上缠了孝，在给亲人送灵指路，一路放着蜡烛火。

花开了，花谢了，又一场雨。街上这些卖花的人，也是换了一个又一个，那围着花看的，也是换了一个又一个。换的也不止是这些人，换的还有街上的背景。

人长大的过程，是越多无形的绳向一个人的身体来堆积、捆扎的过程，不要挣扎，挣扎不掉，它们是与生命随行的。只是希望最终能让这些外物亦长进血肉，最后不用拆分，只求能融合。

每一天，看到活泼的太阳升起来，看到蓝色的天空，它们之下，有生命的事物的各种样子，总是无声泪湿于日月如此不问人事的笃定。

日与月一翻翻的轮回中，经过的人都曾有过年少，也都将会衰老。无量之光影，都曾交付于一些人与物的手上。然而，我却总没有促成自己，也没有看到世人珍重待它的心。

5　停在花下

早上起来，雨还在下，打了伞出来，就想到雨里走走。

沿古淮河边的路，花都开了，粉的好像是樱花，白的是梨花。我打着伞，停在花下，看它们。

天气多好，还有这场雨。这个时间，正是午睡时间，不知这花开和雨落的声音是否会吵醒一些人。雨点打在伞上的声音特别好听，树木和草地全都湿了，风中有花的甜味和雨的甜味。大地在春风春雨中醒了。

早上向办公室走的时候，接了一个电话，错过了汽车总站正对面的永和豆浆。我最近一直在那吃早餐，一碗粥，一只水煮蛋。我相对喜欢这个用餐环境，比较清洁，也不吵闹。起码是在一间房子里面，而不是街边的一张大棚子下。如果上班时间尚早，我还可以坐得久一点而无人来打扰。

大治路走过很多次了，只是没在街边逛过，也没在街边的一些早餐店用过餐。这一路，早餐店有五六家。电视台对面一个歪歪扭扭写着“清河早餐部”的小店，我钻了进去。早餐只供应三样：馄饨、面条和包子。前面两样我从来不爱。米粥也有，只是已卖光。

我只好点了半笼小包子。这小包子是普通玫瑰花蕾大小，一笼八只，肉菜混合的馅料。店主说光包子怎么吃？那来一只荷包蛋汤吧，我们有一块钱一碗的荷包蛋汤。骨头汤，荷包蛋，细细的香菜末。一碗热热的汤，两分钟就端过来了。在这一刹那扑过来的热气里，我忽然感觉这小城的简朴、卑弱，其间可亲爱的人事和令人怜惜。在此之前，我几乎处处挑剔着它，它的坏天气，春天的短，冬天的冷，我只是把它当一个寄居的地方，只是我一次寻常旅行中多停一下的那样的地方。

我对它的爱，从不是温柔的、也不是稳定的，甚至从没有在任何场合说出过。它在我这是没有声音的。我也没在一张纸上写过。它的气候那么不好，它有些小气的民风，它的饮食习惯。还有，彼此灵魂里的，无所相应。我一直绷着，心里有一块没办法化掉的冰。

可我居然会在一笼四块钱八只的包子里，看到它的细碎与诚挚。像一个老了还在爱着我的人。我心里难过着默算，这个小店一天要卖多少只包子才可以交上小孩的学费，可以买一件质量比较好而暖和的衣服——现在的物价，一件衣服不怎么出色但只要稍微顺眼就要过千元。像样一点的商场，几乎没有小几百的衣服。小孩的学费如果择校，一个阶段没有几万是不可能的，这其间还要有熟人介绍，还要和学校有认识、熟悉的坚固的关系。

这个城市处处显现着一个人情社会的特质，哪里没有一个认识的人，哪里几乎是寸步难行。无数琐事将彼此关联，被牵扯着不容易死去地活着，被关照也被冒犯。

在昨晚，我蜷在被子里，设想和计划我的老年，我想着的全是我会离开这个地方。当我退休，我会找一个再安静一些的地方，关掉一切联系，静静过我的余生。因为，每天街上的各种喧哗，我都听够了。多一天都不想听了。

6　正午的班车上

听说郊外的油菜花都开了。坐在正午的班车上，班车出城向东，阳光没心没肺的暖。上一次坐班车，是去年冬至之前一个月。那时正是深秋，满地落叶，天有些冷，冬天快到了。

然后冬至、小寒、大寒、一九、二九，直到九九。立春，雨水、惊蛰、春分、清明，一个一个节气依次抵临，光影一天一天水一样从指缝间往下漏，不是一天一天，而是，一分一秒，每一秒都丝一样被拉细再拉细，拉长再拉长。

苦和痛的粗粝，掩蔽不掉。所有的甜和欢喜，却可一触即逝。仿佛一切与人都有约，它必来，且又必逝。又仿佛它有灵性，它在你喜悦时总是逃得快，在你难过时，却似要驻下陪你。仿佛不知人事，尽自明晃晃来去，一天天刀刃似的从人心上深深蹚过去。

近来眠少，坐在车上，也睡不着。看窗外，路边树木都绿了。油菜花开得恣意汪洋，黄得晃眼。这个时间点，车上人不多，三五个而已。和我同坐的女孩子明天有一场考试，一直在念念有词背书。

她说自己最近的两年半：毕业后留校当老师，是班主任，然后和同事定了婚约，毕业不满一年就结婚，结婚没到一年就生了一个宝宝。宝宝现在六个月，天天回去带宝宝，出来到学校，街都不知长什么样子了。幸运地一毕业就找到工作，可一生也就这样了。

她合上书，闭上眼睛。一眼看到底的一生，再无梦想有实现可能的一生。

很多同学、家里人都觉得我过得顺利。我说：我们都没有完整的青春期。

也想了解另外的世界，可既定的生活规则限制了我。规范之外，我们的生活是被社会化和统一化了的格式，一切所谓秩序和准则都在我们这实践了。

不想早早嫁人，可又怕迟了嫁不掉。

不想早早生宝宝，可早晚又要有。

有了宝宝，在这个城市环境里，教育问题、住房问题、工作问题，就合成了牵绊之力，一生就绊牢了。

很多事来不及想，就来到这些牵绊之中了。

我们一起看着窗外的油菜花，她说她老家的院里，也全是这些花，在隔壁一个城市徐州的乡下。我说我幼年住的地方没这些花。

去年三月，我自己开车去过几次乡下，看过这花，那时还没开盛，是在去往一个乡镇孤儿院的路边。车向郊外，田地越来越开阔。田地里油菜花一片一片地开着，其间疏疏落落是新坟。才过清明，不知是旧坟被培了新土，还是新起的坟。偶见一两个农人荷了农具从那坟边过花丛。坟上纸钱幡络在风里飘，不知所埋都是谁念念不舍的亲人。

7　春天的第一个下午

无数的下午过去了，可是在刚才，我忽然心里有了感动：这个下午才是我的。

人生若以二十年为一阶段计，第一个二十年不太会是我们自己的，要按照父母社会要求用于学习成长。然后是第二个，是实践前面二十年所学。其间的生命，作为社会个体之一，作为社会学中的人，则使人要不自禁地、规范地、进入约定俗成的模板和仪式，并且多需遵命于程序，比如适时结婚，适时工作。

在第二个二十年中，作为正常人必走的程序之一，就是要选择像所有处于正常模式的人那样生活，成立家庭。好好的孩子不嫁不娶都是有悖于常规的，会被人议论的。到了嫁娶年纪，就要娶的娶，嫁的嫁，方慰人心和观瞻。

还要生一个小孩，用合于法律和世俗眼光的婚姻。如果这婚姻对象又是发自内心爱慕的灵魂伴侣，绝无一点牵强和照顾亲人感受，亦更是人生之美满。如果同时，在赖以为生的工作中，又有能见内心期望并喜欢的事业，则人生的美满又增一层。

这二十年，照顾建立的家庭和事业，照顾家中长者和教育幼子——我是女人，所以自知这些，会分去女人所有心力，会使自己再分不出心力为自己内心真实所想想过：我就是没有能分出力量的一个，我还可以有其他自己认为重要的事情吗？我还可以找到更可以让我为之付出的事业吗？亲人、角色所在位置、他人需要，这些都是一个正常女人分内的分担。

第三个二十年，我想，那一定才是生命的中间部位，最能趋于丰满的部分。工作已得心应手，孩子渐渐长大，对很多事情，有了可从容担负的心智。从此向后，才真正有是自己的时光的可能——灵魂经过各种涤荡，经过无数世事磨砺和喂养，经过贴心贴肺的自修。像河流终于知道要奔赴海洋——而不是越流越枯竭，越向前越滞涩、狭窄，开始把自己变得更宽、更敞亮、更敦厚和深沉。

一个人对外物的觉悟和认知，是灵魂与外物的相互抵达，不是庸常中恒在的那番对应。也许很多人的后半生，都过得只是第二个二十年那样的状态，全无自性。

下午，我没有上班，也没有洗衣服，没干任何一件事情。我只是坐在地板和楼梯衔接的部分，我坐在那儿。

我把想看的几本书拖过去，然后找出杯子，自己动手为自己沏了一壶茶。洗了一盘草莓。这个只有我一个人的房间，这个只有我一人在的下午，突然有了我从来没有感受过的适意。我坐在那儿一动不动，一直到现在。

这一个下午，把我的从前时光，把我经历的难忘和不堪承受都过滤掉了一样。我好像从没有为什么累过，从没叫过苦，从没哭过，从没责怪过人，也从没被人负过、怠慢过，也从没被误会过。从没人和我有过恨，我自己也没有过孤独和绝望，没有难过。

我不是始终都会好，傲慢与机锋，无视他人的善意，在那样的人那儿，我不会停留多久。

我以为早被家务杂事塞满的心，忽然在这个下午被腾出了空间。我的心，轻盈了很多，我看到我自己的心还在，我一直以为我是早已没了心的人。

我靠着楼梯，看到窗外，看到天空之下一棵又一棵树仍在向上长。每一天仍在开始和延续。

8　已似看过世上所有

开车去乡下，去看一块刚种上各种果树的地。新树之外，也有一些原来的老树，朴树、梨树、桃树。还遇到一棵上百岁的紫薇，很多藤蔓，长长的葛藤，这些都是原来没人照管的。

也想有一块地，种上很多草木，盖上一间房子。这一块地，正在卖。如果买，也只是可买三十年的租用权。三十年，我想，已足够，小半生光阴。人生种种，到最后，都会放手，何况这样一块自然。

所以，怎会担心，三十年太短。关上门，无论这世界多么热闹，每个人分到的也只是一百年的活着。每个人都在成长中慢慢调整着与物质世界的关系。

三二十年的这么一活，总是呛过辣椒水，灌过过堂风了，觉得和什么总要打一架的状况也不多了。每一个日子，还是须用耐心和努力来对付更有效。有风有雨时，要过下去，遇上不堪的人和事，也觉得厌烦可憎，但这烦和不喜也慢慢学着放心里了。

放在心里不是一个人的世故，是一个人唯可仰赖的一小份自尊。

所以，我素不评述人事，说人恶言。我有信任的人，我也被人所信任，已足够让我心有韧力。我也为世俗种种努力，不为遇到的不好，为遇到的给我努力动力，一直以鼓励、悦纳眼光待我的人。我因这部分人而获得过活力。

是春分，回来的路上，下了点雨。到了市区，又不下了。好像这世上没有什么事物能比一场雨活得更自由了，说下就下，不想下就停。

被淋过一点雨，街面更安静了，好像灰尘和噪音一并因为一场雨的湿气而消失了。

一场雨的发生，也会让人更容易收拢自己，让一个人会觉得已看过世上所有，像最远的路也走过了。

9　春天向夏天的开始

下雨了，下班回来，路面已被雨湿透，树的影子映上去，路都是毛茸茸绿着的路。

一件衬衫，居然有些凉。雨打车窗，听到雨在下，这是春天向夏天的开始。

小姑娘小时看报纸，最爱的两个版面，一个是健康版，一个是娱乐版。天生对饮食感兴趣的结果是，不论学校的食堂近在我住房的楼前，也要回来吃早中餐。家里的菜总会装在好看的盘子里，洗得也清洁，油也用得恰好，米也是挑选来的喜欢的口感。但是，现在，她住校，她每每都念家中的餐食。可是我自己，居然是混沌的，更会简单，一碟青菜——多半也是水煮，一个蛋，一点米饭，偶尔做一次肉圆，一天一天也就如此了。

房前房后，各有一棵石榴，花期却隔开。房前的总是早开很久，房后面一棵总是迟迟。今天回家，一抬头，居然后面的树，也满满地开出汪汪红花来，花著上北枝，毕是春深得无处不在了。早上我出来的时候，还没见它们这样，在这场上午的小雨里，它们一一展开了花苞。

虽然总是迟一些开花，这一棵树，两年来，却从没有少结果子。它如此幽静，沉默，不急迫，只那样慢慢开着自己的花，慢慢完成着自己。总是前面树上的花开得又大又艳了，它才徐徐张开它的蕾。前面的收拢花瓣坐了果了，它才慢吞吞开至生为一朵花的明艳处。

不急切，也不张狂，是那样笃定地深信了它也会好好结果的样子。如同它知道，秋天，是谁都可以等到的。秋天不是任何一种植物、任何一个人的，它是每一种每一个的。它要把所有角落都到过，它才是甘了一颗心来到过人间的秋天。

几本书，排在桌上，它们也在轻轻地等着我，用耐心，一页一页，将它们读到心中。

午眠有雨，雨里有花的开和落。这样的正午，仿佛，只是因为我说过喜欢，它就这样地出现了。

10　旧历三月将了

昨天晚上出去看电影，长裤衬衫，是觉得凉的。同样的衣服，只隔了一夜，居然就热得特别了。

近晚的风都是热的了。我一直不喜欢淮安的夏天，草摸上去都是热的。到了七月八月，再以为是清凉的夜，也是看不到露水的。早上起来，七点还不到，太阳就晒得人睁不开眼睛了。然后，一直到下午四点五点，它也不向下落，即或看着落了，整个天空还是它的强大气息。

孩子们身上长了一冬的肥肥的小腿肉和胳膊肉，经上一个夏天，就被阳光收了水分，也就不圆不胖了。

树在夏天长得也慢了。草可也因为热，不会那么汪汪的绿。所以，夏天是不好看的。

街上的人，穿得再美，也是一汪汗水洇过的样子。女孩们脸上的妆，一到街上，就化开了，头发粘粘的贴了额头，不水灵，也不蓬松。

食物也没有力气保有持久的香，菜一端出来就老了，不好吃了，只有骗不懂事的小孩去多吃，而大人，这么热，再好吃也放不进胃。所以，淮上除了有“霉雨”——我特意问过，是让很多东西得不到照晒而变“霉”的雨，不是再往南一些，下在梅子生长期的雨。

“霉”雨季一过，就是夏天。此地有“枯夏”之说——一个夏天过来，人多半会枯掉的“枯”，变得黑而瘦。

所以，淮上的小姑娘不是太漂亮。

外面的热，还会累积为心里的火，好好的淡淡的人，变成有“心火”的人。正担心会因为天气的温度而变焦躁，就已经是焦躁的样子了。

我一到夏天，看到哪儿，除却热，觉得都太过于繁华了。所有的花，所有的物，都在这一季来到眼前了。无限的饱满，无限的盛大，一个年里，过于丰盈肥旺的一段。

若有故人来访，那么，我并不希望谁来看的，就是这一段。这么热而闹，会使我有无法带你进场的感觉——这个季节无限宽大、热烈的场域，一向，好像不属于一个慢节奏的人。

四处是旺盛的生长，天地无限敞开了自己，正抱一切在怀，这样的场面，令我拘谨。

这个城，一到了夏天，就忽然不是家的感觉了。

生命的狂欢与盛宴，万物生长的声音如满场的音乐响起，而我，只想淡然安静地，和一两个熟悉的人，贴心地坐一坐。退到一个有晨露，有青草初长的清新上午，看看一个城如何陷在春天未暮时的温柔光亮里，自在地与万物相处的样子。

夏季是一个城市的盛年，是属于那些心有激越之情的人。而我，只愿意做那个，在人群之外，在一切行过的路边，为万物和亲人鼓掌的人。

旧历三月将了了，这是夏天的开始了。经过这个夏天，仍是我们喜爱的宁静的秋天。造物主有一颗如此温柔的心，它安排我们和很多事物有重见的机会，使所有人，使卑微如我，内心亦有所亲爱。

11　早起三朝

以为从女儿上小学就建立和维系起的生物钟是不可调改的，每天五点半左右总会醒，再怎么困，只要不是星期天，醒了，都会迷糊糊爬起来。冰箱里常年会放半瓶冰水，这冰水的功效是冰睁不开的眼睛和没睡透的脸。用过一瓶，再冰一瓶。我还冰过黄瓜、丝瓜、冬瓜和土豆片。

上学时，有晨跑，有早自习。有了家庭之后，有了要自己去准备的早餐。可是，就在去年，我还一再疑虑说生物钟不知如何修改时，忽然的，被早上时光遗弃了似的——一睁眼，就是六点半七点半光景了，就是一屋子阳光满满。满街人的早餐吃过。满街人的头发梳好，淡淡的妆上匀，上学的小朋友们已经坐进教室打开书本了，上班的人已在途中了。喜欢早起去菜场的人，篮中已满满放进肥肥嫩嫩的新鲜蔬菜。

早起三朝，抵一上好白天。小时候家中老人如此教诫早起。

那时候的家中长辈，总是一颗谦卑勤勉的心。早上，心是清的，也是静的，万丈尘世，经过一夜安眠，有如被重新梳理和安抚，被清亮星光的水洗过，又被赐予了可以无限使用的能源。

早起一小时两小时，那是多好的一小段时光，如同万物仅在此时生发。昨天没做完的事，或者额外做一点自己想做一直没空做的事，能做多少就多少，不期待一次做到什么程度，明天同样早起些就好。

许多年来，这早上的无量晨光，于大部分成年女性，想来，必同我一样，皆在厨中度过。碗盏摆正，小朋友坐到桌边早餐，自己则飞快跑向水龙头下，为一天的开始而更衣沐浴。七点八点，一个个人头脸干净地各到自己位置。

生命非得须要过一个意义吗？怎样的意义才是自己甘心而也符合周遭人和社会愿望的？生命里有什么事物是非要完成不可的吗？

倘有一天，小姑娘仍会像小时一样问：我是怎样长大的？这是一个让我觉得复杂的问题。使她成长的，不只是自然天气，不只是每天的食物和那些被哄劝着、牵引着而去上的各种课业。她也是我，在很多杂务中度过的时光。

12　梧桐又绿了

一夜骤雨，天亮时，忽然地停下。一望无云的湛蓝天空，涌出鲜红饱满的大太阳，比每一天都明亮、闪耀，含满眉眼的欢喜。

趁人不注意悄悄来淘下气的邻家小男孩，就是这一场雨的样子。天一亮，咯咯笑着跑掉，知道我追他不上。

邻居院里的青杏已有好大，快熟了的神气。摘下两只，我偶然也是淘气的。

中午跑去“中华面点王”吃荠菜蒸饺，位于淮海广场附近商业街中心的店铺。真是夏天到了，店里已开了风扇，行人可以露的肉都露了出来。只一场雨之后，再不是昨日之早晚还要加一件外套的春天。

一笼四只荠菜蒸饺，六块钱。一份鸡丝辣汤——里面有面筋、海带丝、粉丝的汤，加了胡椒粉，四块钱。

这是淮安城里最繁华的一段，十块钱可以吃到一份中意午餐。是我喜欢的素净盘子，唯一不好是旁边店里皆开了音乐，声音大。觉得开那些店的人未免寂寞，也招摇，要用这音乐一日日相伴。

这城里商业街颇多，近些年有零落之势，但一些烹制食物的店开得还好。之所以来这个店中餐，一是觉得这一家面点一直好，面粉的发酵用的是传统方法而非那些新式粉剂，发出的面仍有小麦的香。其二荠菜蒸饺是这个店做得比较好的一道中式面点。而且这一场雨后，荠菜就要老了，再吃到鲜嫩的荠菜，要等到明年了。

我坐在里间。正摘选荠菜和香菜的两女工就和我隔了一张木桌。一个人在说她的一只小狗，刚生了六只小狗，想分一只给另一个人。另一个人正在和她探讨要公的还是母的，细到这只小狗的未来。一边说这小狗，忽然就停下说：这荠菜不能再要了，老得马都要吃不动了。

回来路上，空中偶尔还有柳树的飞絮，柳树也老了。

打开手机，看到同事家的小朋友发微信：本人 19 岁，想学小提琴，有什么建议吗？小同事又写：有学俄语那么难吗？我复：本人年纪比 19 岁略大时始学钢琴。

一街的梧桐又默默地绿了。那么大而美的叶子。这一街的树，陪过多少人从黑头发到白头发，把人都陪老了，可还那么绿。无论时光如何改变着事物，无论尘世中的人遇到什么，它都依然如故地在这街边站着，以它的宽厚的枝叶，以它对季节无声的感知。这是物对人的情义，通过它，我们和一些人世中的生硬部分和解，有勇气赴一个又一个未知。

13　我总是要与它一见

年后，因小恙，其中也清闲一段。这也是春暮夏初时光温度最好的一段。中午外面是30℃气温，房间里除了有蚊子还不热。时间总是不耐过，读书和做很多事一样，有时并无理由，或许只是需要。只因喜欢，就取来看的，一生从头至尾，好像也并不会多。“江上往来人，但爱鲈鱼美；君看一叶舟，出没风波里。”小时候被讲解和要求背过的简单句子，有时偶遇重看，一字一字细读，竟有从前不知的滋味。不是这字句变了，是看它的心发生了改变。

读过的书，总如故友，每一次重见，都有不同心念。所以这世上，除了有可以变化的知己，自然还以纸和字为命，给情绪化的人安排了可以恒固托付的物质。

读一本书并不是每一次都为着问题、为着做一件功课。慢慢读一些句子，读到明白了其中况味，让当年写下这些句子的人等到隔世的知己，因这一份知遇之感互相加持。一个人找到的知音，不必皆在当世。这些文字，自会延续一个人对知己的找寻，在文字里留下可以互相确认的标识。

世界小至一城，一城小至一街，一街小至一屋，一屋中若有一间书房，一间书房也奢侈了，有一书桌一椅已有足够的好。喜欢过的书，亦不必皆在其所，放到心里最好了。

书很多，不是对每一本都会有相同多的喜欢和想探知的心。能在一生中任何年纪读一遍就爱上一遍，每一次见了都心神肃穆，这样的书要有一本，可以随时跟在手边。这样的一生，也就因此而有人生十分的好了。

一生读了很多后来直觉得无用又无趣的书，可是，喜欢的这一本总是藏在其间，我总是要与它一见。

14　只是见过

午后整理书房，这个书房并不是我喜欢的样子。一直想有一间能按自己心意设计的书房。但从学校那面的房子搬过来后，就知道，这个想法将一直停在我的设想中，再无实现可能。去年，一心想将一楼车库边的房间理出变成书房，但一年的日子过来，竟将一间我心意满满想变成自己书房的屋子过成了杂货铺，那些琐碎的杂陈从何处来，我居然也疑惑：冬天用的汽车椅垫、看过的旧报纸、米、不用的桌子，这些东西，原来都藏在哪里，怎么一下子被放到这里。统统扔掉——但看每一样，又貌似皆有来历和功用。送回原来的地方吗——居然一点想不起曾经它们是待在哪里。

再退一步想，自己也再不是两个早晨时间就可以把一间房子清洁得如同新洗过一样的最好清洁工的心气。从这个打了很久主意的房间里退出来，心忽然平静。一直想有间里面只装自己物品的小房间：一张小床、一张朴素书桌、一只喜欢的书橱足矣的房间，关上门，只容自己留在里面的小世界。这样想的，只是二十岁以前的我。

早已能对一切平心静气。

叉着腰站着想了一会也释然：三只书橱，我想我有一张也足够了。若以人生亦如寄看，这些书，更是如寄。之前一直住得紧张，买书又不多，那些看了亦不喜的，亦未有珍惜，总是不知不觉不知扔哪去了。以至想起，也只是看过而已。相识无数，重逢叙旧也热闹，可有时，也只是见过而已。

陪了我多年的书是那些本，即使找不见了，又总是去重买来，并放回枕边才心安。有它们在枕边，总觉得一个白天无论怎样混沌地过来，也会有好眠。怎样难过的心，也会被一件可依靠的事物安慰：真实地摸得到的只是物质，而不是空泛中的精神。可以安心放我自己在它手中、把自己埋进它的，只是物质，是它们日久生情的默契陪伴。

由书及人，一路走来，又是哪一个人成了心心念念信任的朋友，意气相投，可以以性命相托，亦可以以淡然的一杯茶相待。如果我累，连一杯酒也可以不必备，一只下酒的小菜也可以没有，清水一杯，就可对坐黄昏。从不责我失礼，亦谅我每一生气亦失仪。

读书不博，行走至今，知己也只两三。逢迎也颇有，但也都只是人海中的平淡相见。抱腕当胸，互道一声安而已。

很多朋友，相逢时亦有默契，但在我内心，既存默契，那必是搁得起时日长久和山高水远的。不必纠结于联系，能在平时偶尔得知彼此各自安好就好。不必存意重见，不必惦念，不必对叙彼此之每一天——人的每一天，总是大同小异的。

朋友中亦有文字之交，偶尔的，会在各种报纸、刊物上见到，会心一笑，从中得来的“相见”即如人所言之“见字如面”，江湖旷朗，实是“有心”即可碰见。

也是走了很远的一段路了，此生之中，至此好像也并无所缺。所以也每告自己，于人于事不可以有贪心妄念。手里有的都好，没有的，不去恋慕。虔敬于所遇人事，也谅自己对自己事却并无很多刻苦：多写一篇文章和少写一篇文章，多读一本书和少读一本书。这不是我的骄傲，不是轻狂，只是到了一定年纪，更知时间珍贵，希望用于更有意义之事与有情义之人。

从小而今，一直亦过得清贫，但一直不贪守物质。书也是心爱物，可也并不着意留藏。只是相信，若有因缘，书或可留我，它若有它可言说或不可言说的好，我自心甘情愿为它流连。这些年，我纵容过自己的浅薄——不喜的、艰涩的，不再深读，通宵达旦想去读懂。我视野狭隘，人亦不明朗，这是我一直没有去克服的缺陷。我努力克服我许多的弱点，但我近来不再有目标：不计较能做到多好。我与这世界相处的方式和大多数人无别，我也浮躁，也一心向好，也同时理解、质疑这世界的种种不是。一直在路上逛荡，厌烦真理，也被各种真理收服。我们也许曾经碰到。

15 那重复到来的

上午继续昨天没完成的清理行动。擦玻璃。昨天才洗过的地面，早上又上了一层灰，久无人在的房子，灰尘比别处活跃。到今天，已经有整整三天耗在这个小空间的清理中。多么小的一个地方啊，却用掉一盆又一盆清水。毛巾只要碰过哪儿，再放进清水里，水就混沌了。

一堆旧物又跟着我做了一次短途迁移，我怀抱着，手摸着，让它们跟我又去了一个新空间，我要让它们在我之先安定。

时间如此不禁人过，真让人心生失望。这一周，就这么耗没了。可是，我喜欢靠在我身边的物品都是洁净的，气息清新。这样，我也才坐得下来。

案几的那个“几”字，多像地理空间中那一个个给我遮过雨的地方。下面没有封上的部分，使我可以觉得即使下着暴雨，起了狂风，我还是可以有一小块大地让我踏实待下。

“凡”怎么可以只是“几”多了一点？从“几”到“凡”，这多的一点看起来像差池，也多像一个本来空着的人活得好好的，让她有了心。

一街上的人——无论多少人，每一个人都是有一颗心的。这才是世界。这些心，用血流、用辗转，和面一样，把一个比较“生”的人揉成一个“熟”的人——果子那样从生到熟，熟透，熟到炸裂。

每一天，就是这些重复到来的平淡日常，让人淹没进了人海，让一天天在一个人那里过完。

在每一天到了要计划明天时，我总是想着要把时间留给一件“值得”的事——完整无缺的一大块时间，经过一夜休息又长出好力气，完好无损的自己。

总是不舍得在明天没到来时，把它轻许给一些“闲事”——这个闲事，在我心里，有一个随时调整的评估体系。同样一件事，我总是不停地更改对它的态度。所以，我说不确定。

但一件“值得”的事是什么？我也同样说不出。我心里有清晰的界限，也看到每一件事的边际，但到了它们面前，我却总是显得脆弱，很容易就被它们挪移、修改、耗空。

是的，一天一天集结着，我把生命许给了庸碌和我至今无力穿越的日常。总是天黑了，翻开笔记，日期下，我觉得又是唯有用一行空白来结算这一天恰当。那些我总是舍不得用的时间，又被一件件小事所稀释和裁乱——使我在时间面前，只想羞愧地把自己藏起来：

只是每天早上的一次早餐啊，只是下午烹了一杯自己喝的茶啊，只是下班弯进了一个顺路而过的菜场，看了一遍那些菜啊——有些事总是比这些还小啊。可是，在没做它们之前，我满脑子是它们，在里面剥离不去。看到梧桐树长到最盛了，在树下看一会；看到路上一圈人围紧了，也停一会车；下午时间正好时，来了一个人，只是说了几句话啊，然后，纠集着想做一件事的心就一下涣散了——意外用掉的时间，总是这一部分，一点点地收服着我。

每天都想一个人静静坐会，关上门，或者开车到一个僻静地方，更多我是去河边树林中间的公用停车场。我总是白白地过了一天又一天。

开年后被我扣在桌上的几本书，被我看的，仍是我以前看过的几本。我以前没看过的几本，想看几年了也没去看。

期待中没有被我白过的一天，至今没有到来。

后　记

住在河边的好，在于这河水有消音功能，使一切声音到了这都减弱了。风吹过树林时树叶的动会让人听见，这声音让人心里静。深深陷在庭院中的夜，会覆盖掉一大块不愉快。它总是反复用一个崭新的早晨，来冲洗、擦拭粘到身体上的所有坏事物所附来的气息。

近来入睡前，会偶尔翻看一本小说。之前读得少，觉得它们是读了一遍就可以放过去的，是容易懂得的。它们只是故事，即为“故”，必已不新。而“事”，只是对人世诸种样貌的囫囵囊括罢。

一个“小说”对一个夜晚的意义，只在于对人生空白部分的补充。世界在每个人的眼前，都打开得如此不完整。人这种有局限的个体，也没有足够时间去经历。把这不能经历到的杂到一起，把不完整的打开，把一个人终其一生不会遇到、不会经历、不可想象的部分，让你这么看几眼。它就是这样一个有虚设之闲的收纳器——能将更多人性、人生的可能，人在生活中的状态，放入的容器。随形就物，无限类别的情绪，合理或不可思议，不用写得分行断句，不用富于逻辑和有体面。

那些从未曾存在、从不会经历、也从不会想象的生活——用它而复习一次发生。它不会以增加你的某些技能、德行为任，它有时只像一种妄念——能让某些“人”，如我，在那些遥远陌生事物里面，以一种方式和程序，自己也去活一遍。在一些靠谱或不靠谱的情节里，实现一些任性。它能集中很多难料之事到一人身上，让那个人因此更茂盛、更稠密，也更稀薄、虚浮。它可以不可理喻，又前后矛盾。

超出或低于人世的规格和规范，亦无人追究。

小说写作对单一个体生命的成熟和理性有催化作用。通过写小说，被强迫着建立起对生活中诸多人事的理解、合作体系，变得可以高高在上于生活，有俯视生活的能量——不宜仰望，因为只有俯视，才可以看到生活全景，各色、各路人物在各种环境里的活。这一切，成全了小说在文体中无限的自由与舒展度。有如可以将一切看在眼里、了如指掌，又能将其随心所欲进行摆布。

关于这本书，特别想说的，不是太多。它是我内心有过的一个秩序，是一天完成之余，我的漏洞和不甘。

这一百年，人类的智识在进步，很多精神部分却在出现越来越多的趋同，作为人的趣味和情绪，越来越被人为去除和减损。人类最后都会在教育层面开始被打造为机器，而不是人。随秩序法律进一步健全，这个局面的出现也许最多五百年就可以完成。我们将会把每一天都活得非常理性，而写的作品中，也不再有让人不喜欢、不屑甚至被耻笑的“感性”，只在意建构章法和去抵达难度。

这样的时代已在来临途中。等它到了，我想，我可能已不会再愿写了。我的人生愿望中写作不是第一。我遗憾这样的时代来临，也庆幸没有在年轻时，容易被规训时赶上。我有时很介意别人在介绍到我自己的时候，被冠以作家之名，因为我完全还在开始。我和我的作品之间，也是有界线的，并非相濡以沫，互相有很深的浸透，只是有部分的重合而已。生命是非常阔大的承载体，我没有将它完全奉献给“写作”。我有时以此自卑。

偶尔的自信来自这二点：一是我对我的个别作品比之于我本人多些要求，少些放任；二是我对部分作品的自我评价很低，亦深知别人是以性别、代际宽容着我作品的粗糙、浅薄和无知。

感激这些年所有给过我鼓励的师长，谢谢你们。

2018年1月